16	3	2	13
5	10	11	8
9	6	7	12
4	15	14	1

Publicado com o apoio do Instituto de Tradução da Rússia

Coleção LESTE

Varlam Chalámov

ENSAIOS SOBRE
O MUNDO DO CRIME
Contos de Kolimá 4

Tradução e notas
Francisco de Araújo

Posfácio
Varlam Chalámov

editora∎34

EDITORA 34

Editora 34 Ltda.
Rua Hungria, 592 Jardim Europa CEP 01455-000
São Paulo - SP Brasil Tel/Fax (11) 3811-6777 www.editora34.com.br

Варлам Шаламов, «Колымские рассказы»
Varlam Shalamov's Russian texts copyright © 2011 by Irina Sirotinskaya
Translation rights into the Portuguese language
are granted by FTM Agency, Ltd., Russia, 2011
© Portuguese translation rights by Editora 34 Ltda., 2016

Tradução © Francisco de Araújo, 2016

A FOTOCÓPIA DE QUALQUER FOLHA DESTE LIVRO É ILEGAL E CONFIGURA UMA
APROPRIAÇÃO INDEVIDA DOS DIREITOS INTELECTUAIS E PATRIMONIAIS DO AUTOR.

Imagem da capa:
Campo de trabalhos forçados na União Soviética, anos 1930

Capa, projeto gráfico e editoração eletrônica:
Bracher & Malta Produção Gráfica

Revisão:
Cide Piquet, Danilo Hora

1ª Edição - 2016, 2ª Edição - 2020

CIP - Brasil. Catalogação-na-Fonte
(Sindicato Nacional dos Editores de Livros, RJ, Brasil)

Chalámov, Varlam, 1907-1982

C251e   Ensaios sobre o mundo do crime
(Contos de Kolimá 4) / Varlam Chalámov;
tradução e notas de Francisco de Araújo;
posfácio de Varlam Chalámov — São Paulo:
Editora 34, 2020 (2ª Edição).
192 p. (Coleção Leste)

Tradução de: Ôtcherki prestúpnogo mira

ISBN 978-85-7326-652-8

1. Literatura russa. 2. História da Rússia -
Século XX. I. Araújo, Francisco de. II. Título.
III. Série.

CDD - 891.73

ENSAIOS SOBRE O MUNDO DO CRIME
Contos de Kolimá 4

A propósito de um equívoco da literatura 7
Sangue vigarista 15
A mulher no mundo do crime 58
A ração carcerária 77
A guerra das cadelas.. 83
Apolo entre os *blatares*... 115
Serguei Iessiênin e o mundo da bandidagem.............. 131
Como "tirar romances" 140

"O que vi e compreendi no campo de trabalho",
  Varlam Chalámov.. 154
"Carta a Soljenítsin", *Varlam Chalámov*................... 159

Mapa da União Soviética 182
Mapa da região de Kolimá 184
Glossário... 185
Sobre o autor 187
Sobre o tradutor.. 191

Traduzido do original russo *Kolímskie rasskázi* em *Sobránie sotchiniéni v tchetiriokh tomakh*, de Varlam Chalámov, vol. 2, Moscou, Khudójestvennaia Literatura/Vagrius, 1998. Foi também utilizado, para consultas e pesquisas, o site http://shalamov.ru, dedicado ao autor.

O presente volume é o quarto da série de seis que constitui o ciclo completo dos *Contos de Kolimá*: *Contos de Kolimá* (vol. 1); *A margem esquerda* (vol. 2); *O artista da pá* (vol. 3); *Ensaios sobre o mundo do crime* (vol. 4); *A ressurreição do lariço* (vol. 5); *A luva, ou KR-2* (vol. 6).

A PROPÓSITO DE UM
EQUÍVOCO DA LITERATURA

A literatura de ficção sempre representou o mundo dos criminosos com simpatia, por vezes com complacência. Seduzida por seu esplendor aparente, ela o envolveu de uma aura romântica. Os artistas não foram capazes de discernir a verdadeira e repugnante face desse mundo. É um pecado pedagógico, um erro pelo qual nossa juventude paga muito caro. Pode-se até compreender que um rapaz de catorze ou quinze anos se deixe fascinar pelas figuras heroicas desse universo; mas a um artista é imperdoável. Entretanto, mesmo entre os grandes escritores não encontramos um que, discernindo a verdadeira face do bandido, tenha lhe voltado as costas ou o tenha reprovado como todo grande artista devia fazer — reprovar o que é moralmente inadmissível. Por capricho da história, os mais expansivos propagadores da consciência e da honra, como Victor Hugo, por exemplo, consagraram grandes esforços ao louvor do mundo do crime. A Hugo parecia que o mundo do crime é aquela parte da sociedade que protesta abertamente, com firmeza e decisão, contra a hipocrisia do mundo dominante. Mas ele não se deu ao trabalho de examinar de que posição essa comunidade de malfeitores luta contra qualquer poder governamental. Não são poucos os rapazes que depois da leitura do romance de Hugo buscam conhecer "miseráveis" reais. O apelido "Jean Valjean" existe até hoje entre os bandidos.

Em suas *Recordações da casa dos mortos*, Dostoiévski evita dar uma resposta clara e direta a essa questão. Do ponto de vista do verdadeiro mundo do crime — dos autênticos *blatares*[1] — todos esses Petrov, Lutchka, Suchilov, Gazin[2] são uns "patos", otários, broncos, isto é, *fráieres*,[3] são aqueles que a bandidagem despreza, espolia e pisoteia. Para os *blatares*, os assassinos e ladrões Petrov e Suchilov estão muito mais próximos do autor de *Recordações da casa dos mortos* que da bandidagem. Os "ladrões" de Dostoiévski eram alvo de ataque e roubo do mesmo modo que Aleksandr Petróvitch Goriantchikov[4] e seus pares, por maior que fosse o abismo que separava os delinquentes de origem nobre daqueles que provêm da gente simples. É difícil dizer por que Dostoiévski não se decidiu por construir uma imagem verídica dos bandidos. Um bandido não é simplesmente aquele que rouba. É possível roubar, e até mesmo de modo sistemático, mas não ser um *blatar*, ou seja, não pertencer a essa abominável ordem clandestina que a bandidagem representa. Ao que parece, na colônia penal onde Dostoiévski esteve preso não havia essa "categoria". Normalmente, tipos como esse não são condenados a penas de prazo muito longo, pois não é de assassinos que se constitui sua grande maioria. Ou melhor, não se constituía no tempo de Dostoiévski. *Blatares* condenados

---

[1] De *blatar*: bandido ou criminoso profissional que segue o "código de conduta" da bandidagem. (N. do T.)

[2] Personagens de *Recordações da casa dos mortos* (1862), de Dostoiévski, romance baseado na experiência do escritor, que ficou detido por quatro anos numa colônia penal siberiana. (N. do T.)

[3] De *fráier*: termo do jargão criminal. Designa o criminoso ocasional, que não faz parte da bandidagem; sinônimo de ingênuo, vítima dos bandidos de verdade. (N. do T.)

[4] Personagem condenado pelo assassinato da esposa, do qual as memórias, lidas por um narrador, constituem o enredo, conduzido em primeira pessoa, de *Recordações da casa dos mortos*. (N. do T.)

por atos "banhados de sangue", aqueles criminosos de mão "ousada", não eram especialmente numerosos no mundo do crime. Arrombadores, assaltantes, golpistas, batedores de carteira — eis as principais categorias da sociedade dos *urkas*, ou *urkaganes*,[5] como se autodenominam os criminosos. A expressão "mundo do crime" é um termo com significado preciso. Vigarista, meliante, *urka*, *urkagán*, *blatar* — são todos sinônimos. Dostoiévski não os encontrou em sua prisão; se os tivesse encontrado, teríamos sido privados, talvez, das páginas mais nobres de seu romance, aquelas que afirmam a fé no homem, na existência de um princípio positivo na natureza humana. Mas Dostoiévski não encontrou verdadeiros *blatares*. Os personagens encarcerados de *Recordações da casa dos mortos* são pessoas tão ocasionais no crime quanto o próprio Aleksandr Petróvitch Goriantchikov. O roubo, por exemplo, de um pelo outro — o que Dostoiévski especialmente ressalta, detendo-se nisso por muitas vezes —, acaso seria coisa possível no mundo dos *blatares*? O que por lá se encontra é a espoliação dos *fráieres*, a repartição do espólio, o jogo de cartas e a passagem das coisas roubadas de um bandido a outro, a depender da vitória nas partidas de faraó ou trinta e um. Na *Casa dos mortos*, Gazin vende aguardente, o que também fazem outros taberneiros. Mas os *blatares* não esperariam muito para extorquir a bebida de Gazin, de modo que ele não teria tempo de fazer carreira.

De acordo com a antiga "lei" da bandidagem, um *blatar* não deve trabalhar no lugar em que está preso, seu trabalho deve ser feito por *fráieres*. No mundo do crime, esses Miasnikov e Varlamov receberiam o desdenhoso apelido de "carregadores do Volga". Nenhum desses "ossos" (solda-

---

[5] De *urka*, *urkagán*: bandido proeminente no mundo do crime; de modo geral equivale ao termo *blatar*. (N. do T.)

dos), Bakluchin, maridos de Akulka,[6] tem qualquer coisa a ver com o mundo dos criminosos profissionais, o mundo da bandidagem. São apenas homens que vieram a se deparar, por algum acaso, com a força negativa da lei, que ultrapassaram às cegas algum limite, como Akim Akimovitch — um típico *fraieriuga*.[7] Quanto ao mundo *blatar* — é um ambiente que tem sua lei e que mantém guerra constante com esse outro mundo do qual são representantes tanto Akim Akimovitch quanto Petrov, juntamente com o major "oito-olhos". O major é até mais próximo aos *blatares*. É uma autoridade comissionada por Deus, então, lidar com ele, enquanto representante do poder, é um tanto mais simples, e a um major desses qualquer *blatar* teria muitas coisas belas a dizer sobre justiça, honra e outras matérias elevadas. Ludíbrio que há séculos se repete. O ingênuo major de rosto espinhento é deles um inimigo declarado, enquanto tipos como Akim Akimovitch e Petrov são suas vítimas.

Em nenhum dos romances de Dostoiévski os bandidos estão de fato representados. Dostoiévski não os conhecia, e se os viu e conheceu, como artista voltou-lhes as costas.

Em Tolstói não há nenhum retrato significativo de homens desse tipo, nem mesmo em *Ressurreição*, onde os traços externos e ilustrativos estão postos de tal maneira que o artista se exime de responder por eles.

Um escritor que se deparou com esse universo foi Tchekhov. Durante sua viagem a Sacalina[8] houve alguma coisa

---

[6] Estes últimos, citados em sequência, são outros personagens de *Recordações da casa dos mortos*; o "marido de Akulka", em particular, é personagem-título de um dos capítulos. (N. do T.)

[7] Variação diminutiva de *fráier*. (N. do T.)

[8] Ilha do Extremo Oriente da Rússia, onde situava-se a maior colônia penal do império tsarista. Em 1890 Anton Tchekhov empreende uma viagem para Sacalina a fim de estudar a vida dos condenados aos traba-

que alterou sua escrita. Em algumas das cartas posteriores ao seu retorno, Tchekhov expressa claramente que tudo o que escreveu antes dessa viagem lhe parecia futilidade, algo indigno de um escritor russo. Também na ilha de Sacalina, como em *Recordações da casa dos mortos*, a estupidificante e depravadora torpeza dos lugares de detenção arruína, e não poderia deixar de arruinar, tudo o que há de puro, de bom, de humano. O mundo dos *blatares* amedronta o escritor. Tchekhov percebeu nele o principal acumulador dessa torpeza, uma espécie de reator nuclear a se abastecer do combustível que ele mesmo produz. Mas Tchekhov não podia mais que abrir os braços, sorrir tristonho e apontar esse mundo com um gesto doce, mas insistente. Também ele o conheceu por Hugo. Tchekhov esteve por bem pouco tempo em Sacalina e até sua morte não ousou utilizar esse material em sua obra de ficção.

Era de se esperar que o lado biográfico da criação de Górki lhe desse motivos para apresentar os *blatares* de maneira crítica e veraz. Tchelkach[9] é incontestavelmente um *blatar*. Mas no conto esse ladrão-reincidente é representado como os personagens de *Os miseráveis*, a partir daquele mesmo rigor forçado e enganoso. A Gavrila, é claro, é possível interpretar não apenas como um símbolo da alma camponesa. Ele é discípulo do *urkagan* Tchelkach. Um aprendiz fortuito, certamente, mas indispensável. Um discípulo que amanhã, talvez, como um *chtimp*[10] já corrompido, subirá o pri-

---

lhos forçados; em 1895 publica o volume *A ilha de Sacalina: notas de viagem*, do qual a maior parte fora publicada em 1893-94 na revista político-literária moscovita *Russkaia Mysl* (*O Pensamento Russo*). (N. do T.)

[9] Protagonista do conto homônimo de Maksim Górki (1868-1936). (N. do T.)

[10] Termo semelhante a *fráier*; criminoso novato, inexperiente. (N. do T.)

meiro degrau da escada que conduz ao mundo do crime. Porque, como disse um filósofo *blatar*, "não se nasce bandido; torna-se bandido". Em "Tchelkach", Górki, que havia se deparado com o mundo da bandidagem na juventude, contentou-se com apenas demonstrar um entusiasmo irrefletido diante da aparente liberdade de julgamento e ousadia de conduta desse grupo social.

Vaska Pepel (*Ralé*)[11] é um bandido inteiramente dúbio. Do mesmo modo que Tchelkach, ele é romantizado, exaltado e em nada reprovado. A autenticidade de certos traços exteriores dessa figura e a manifesta simpatia do autor fazem com que também Vaska Pepel se preste a uma causa negativa.

Tais são as tentativas de representar o mundo do crime empreendidas por Górki. Ele também não conhecia esse mundo, pelo visto não se deparou com *blatares* de verdade, porque isso é geralmente difícil a um escritor. O mundo da bandidagem é fechado; apesar de não ser uma ordem estritamente conspiratória e clandestina, não permitem que estranhos a estudem ou observem. Nenhum *blatar* se abriria, como faria com um igual, nem com o Górki-vagabundo, nem com o Górki-escritor, porque para qualquer *blatar* Górki seria antes de tudo um *fráier*.

Nos anos 1920, nossa literatura foi tomada por uma moda de salteadores. Bénia Krik, de Bábel, *O ladrão*, de Leónov, *Motke Malkhamoves*, de Selvinski, *Vaska Svist em apuros*, de V. Inber, *O fim de uma gangue*, de Kaverin e, por fim, o vigarista Ostap Bender, de Ilf e Petrov[12] — ao que parece,

[11] Vaska Pepel é personagem da peça *Ralé*, ou *No fundo* (1901), de Maksim Górki. É um ladrão nascido na cadeia. (N. do T.)

[12] Bénia Krik é protagonista da série intitulada *Contos de Odessa* (1931) e da peça *O pôr do sol* (1927), de Isaak Bábel (1894-1940); *O ladrão* (1927), romance de Leonid Leonov (1899-1994), conta a história de um ex-herói da guerra civil, comandante do Exército Vermelho, que se torna um ladrão no período da NEP; *Moltke Malkhamoves* (1923), poe-

todos os escritores pagaram frívolo tributo a essa repentina demanda do romantismo criminal. A poetização desenfreada dos delinquentes fez-se passar por "nova corrente" literária e seduziu muitas penas experientes da literatura. Apesar do extraordinariamente débil entendimento que demonstram autores de obras com semelhante tema, tanto os citados quanto os não citados, em relação à matéria que pensavam revelar, não deixaram de obter êxito junto aos leitores e, consequentemente, causaram danos consideráveis.

Posteriormente foi ainda pior. Teve vez um longo período de entusiasmo pela famigerada *perekóvka*,[13] aquela tal "reforja" da qual os bandidos caçoavam e até hoje não se cansaram de caçoar. Foram criadas as comunas de Bolshevo e Liubertsi, cento e vinte escritores redigiram um trabalho "coletivo" sobre o Belomorkanal,[14] que resultou num livro publicado em exemplar extraordinariamente parecido com

---

ma escrito no "dialeto" de Odessa, de Iliá Selvinski (1899-1968); *Vaska Svist em apuros*, poema de Vera Inber (1890-1972); *O fim de uma gangue* (1925), romance de Veniamin Kaverin (1902-1989); Ostap Bender é uma espécie de malandro, um dos mais populares personagens da literatura picaresca russo-soviética, protagonista dos romances *Doze cadeiras* (1928) e *Bezerro de ouro* (1931), de Iliá Ilf (1897-1937) e Ievguêni Petrov (1902-1942). (N. do T.)

[13] Literalmente: tornar a forjar; trata-se da "reeducação" dos detentos por meio do trabalho correcional e da atividade educacional promovida nos campos de trabalho soviéticos. Oriundo da metalurgia, acredita-se que o termo tenha surgido durante a construção do Belomorkanal — canal que liga o Mar Branco ao Báltico —, onde trabalharam milhares de detentos. (N. do T.)

[14] Encabeçado por Maksim Górki, um grupo de 120 escritores visitou o recém-inaugurado Belomorkanal em agosto de 1933; 36 deles tomaram parte na elaboração de um volumoso livro dedicado à construção do canal, denominado *O Canal Mar Branco-Mar Báltico de Stálin*, que foi publicado em 1934, por ocasião do XVII Congresso do Partido Comunista. (N. do T.)

o Evangelho ilustrado. O apogeu literário desse período foi *Os aristocratas*, de Pogódin,[15] onde o dramaturgo repete pela milésima vez o velho equívoco, sem dar-se ao trabalho de pensar de modo mais sério naquelas pessoas reais que representavam em vida, diante de seus olhos ingênuos, um espetáculo de fácil compreensão.

Foram lançados muitos livros e filmes, muitas peças foram montadas sobre o tema da reabilitação de criminosos. Uma lástima!

O mundo do crime permanece, desde os tempos de Gutenberg até nossos dias, um livro fechado a sete selos, tanto para autores, quanto para leitores. Os escritores que abordaram esse seriíssimo tema trataram-no levianamente, deixando-se seduzir e iludir pelo fosforescente brilho da criminalidade, adornando sua verdadeira face com uma máscara romântica, com o que reforçam, no leitor, uma ideia inteiramente falsa desse pérfido e repugnante universo, no qual nada de humano está contido.

A agitação em torno das diversas "reforjas" acabou por dar uma trégua que salvou muitos milhares de ladrões profissionais.

Mas o que, afinal, é o mundo do crime?

(1959)

---

[15] *Os aristocratas* (1934), peça de Nikolai Pogódin (pseudônimo de Nikolai Stukálov, 1900-1962), sobre a reabilitação de criminosos por meio do trabalho. (N. do T.)

SANGUE VIGARISTA

Como um homem deixa de ser homem?

Como se formam os *blatares*?

Os novos adeptos do mundo do crime podem se originar dos ambientes mais diversos: um camponês de um *kolkhoz* que liga seu destino à delinquência depois de ter cumprido pena por um pequeno furto; um antigo *stiliaga*[16] que por algum passo fora da lei é aproximado daquilo que sabia apenas de ouvir falar; um serralheiro de fábrica que não teve dinheiro suficiente para farras mais ousadas com os companheiros; pessoas que não têm profissão, mas querem viver ao bel-prazer, e ainda aqueles que se envergonham de pedir trabalho ou esmola — na rua ou numa repartição pública, tanto faz — e preferem tomar. É uma questão de caráter e, não raro, de exemplo. Pedir emprego é coisa muito torturante para o orgulho melindrado e ferido dos que cometem erros. Sobretudo para um adolescente. Não é menos humilhante que pedir esmola. Não seria melhor, então...

O caráter selvagem e retraído do homem sugere a ele uma decisão, cuja gravidade e risco nela implicados um adolescente é simplesmente incapaz de avaliar. A certa altura da vida de toda pessoa surge a necessidade de decidir sobre algo importante, "mudar" o rumo do destino, e tais resoluções, ao menos para a maioria, precisam ser encaradas nos anos

---

[16] *Stiliaga* deriva de *stilni*, estiloso. Na URSS dos anos 1950, jovem que imita o estilo de vida ocidental. (N. do T.)

da juventude, quando é pequena a experiência e grande a probabilidade de erro. Mas também nesse período é mínima a rotina restritiva e máxima a ousadia e a determinação.

Confrontado com uma difícil escolha, iludido pela literatura de ficção e por muitas lendas que circulam acerca do misterioso mundo do crime, o adolescente dá um terrível passo, depois do qual, por vezes, não há retorno.

Depois se acostuma, exacerba-se definitivamente e passa, ele mesmo, a recrutar outros jovens para integrar as fileiras da maldita ordem.

Na prática dessa ordem há uma importante sutileza que é inteiramente imperceptível, até mesmo para a literatura especializada.

Ocorre que o submundo é governado por descendentes de ladrões, dos quais os parentes — pais, avós, tios e irmãos mais velhos — eram *urkas*; aqueles que desde o berço se formaram nas tradições dos *blatares*, no encarniçamento da bandidagem para com todo o mundo; aqueles que, por razões compreensíveis, não puderam modificar sua realidade; homens cujo "sangue vigarista" é de uma pureza incontestável.

E são esses ladrões "hereditários" que constituem o núcleo dirigente do mundo do crime, é deles a última palavra em todas as decisões dos *pravilki*, os "tribunais de honra" dos *blatares* — um fundamento indispensável e de suma importância para a vida do submundo.

Durante a assim chamada "deskulakização" o mundo *blatar* se expandiu intensamente. Suas fileiras engrossaram à custa dos filhos dos que foram declarados *kulakes*.[17] A repressão dos camponeses multiplicou o efetivo daquele mun-

---

[17] Plural de *kulak*, camponês proprietário de terras que fazia uso do trabalho assalariado em suas atividades. Como classe, os *kulakes* foram suprimidos na URSS por se contraporem à coletivização da agricultura. (N. do T.)

do. No entanto, nenhum dos antigos "deskulakizados", nunca e em parte alguma, chegou a desempenhar papel de destaque no mundo criminal.

Eles pilhavam melhor que todos, eram os mais expansivos nas farras e patuscadas, esgoelavam-se mais do que os outros ao xingar e cantar as canções do submundo, superando qualquer *blatar* nessa rebuscada e importante ciência de obscenidades, mas não passavam de arremedadores; e ainda que arremedassem com precisão, eram reles imitadores.

Essas pessoas não eram admitidas no seio do mundo do crime. Os poucos que se destacavam — não por feitos heroicos durante a rapina, mas pela rápida assimilação do código de conduta da bandidagem — às vezes participavam dos tribunais de honra dos altos círculos da ladroagem. Lastimavelmente não sabiam o que dizer nesses *pravilki*. Ao menor conflito — pois não há *blatar* que não seja absolutamente histérico — acusavam sua origem "forasteira":

— Não passa de um *portchak*! Mas já quer meter o bico e se lambuzar! Que espécie de ladrão é você? Está mais para um "carregador do Volga" do que para um ladrão! Um otário da mais pura espécie!

Um *portchak* é um *fráier* já parcialmente corrompido, aquele que já deixou de ser *fráier*, mas ainda não é um *blatar* ("Isso ainda não é um pássaro, mas já não é um quadrúpede" — como dizia Jacques Paganel em Júlio Verne). E o *portchak* suporta pacientemente a ofensa. Naturalmente, não são eles os guardiões das tradições do mundo da ladroagem.

Para ser um autêntico, um "bom" ladrão, é preciso nascer ladrão; somente os que desde os primeiros anos de juventude estão ligados a ladrões — não a qualquer um, mas àqueles dos "bons", dos renomados —, os que passaram por todo o curso plurianual que o cárcere proporciona, de rapinagem e educação *blatar*, apenas a eles caberá tratar das questões essenciais do mundo do crime.

Sangue vigarista

Por mais destacado que seja o larápio, por mais que a sorte o acompanhe, em meio a descendentes de ladrões ele será sempre um forasteiro isolado, um indivíduo de segunda classe. Não bastar roubar, é preciso pertencer a essa ordem, o que não é somente uma questão de roubo e assassinato. Não é qualquer "ladrão graúdo", nem qualquer matador que — somente por ser ladrão ou assassino — pode ocupar um posto de honra entre os *blatares*. O submundo tem seus próprios bedéis da pureza de costumes, e os segredos particularmente importantes da ladroagem, referentes à elaboração das leis gerais que regem esse ambiente (que mudam, como muda a vida), bem como a revisão da língua dos ladrões, "o jargão da bandidagem" — são de competência exclusiva da cúpula *blatar*, que se constitui de descendentes de ladrões, ainda que estes sejam reles batedores de carteira.

E mesmo o parecer de um adolescente que seja filho ou irmão de algum ladrão importante terá muito mais atenção do mundo do crime que os juízos de um *portchak* — ainda que este seja um Iliá Muromets[18] do assalto à mão armada.

As *marianas* — as mulheres do mundo do crime — serão repartidas com base no grau de nobreza do patrão... Inicialmente recebem-nas aqueles que têm sangue azul, por último os *portchaki*.

Os *blatares* dedicam-se muito à preparação de seus sucessores, à formação de dignos continuadores de seus negócios.

O pavoroso manto de ouropel do romantismo criminal, com seu brilho intenso e fantasioso, atrai o jovem, o rapaz, para intoxicá-lo para sempre com seu veneno.

Esse enganoso brilho de miçanga que se faz passar por diamante é reproduzido nos mil espelhos da literatura de ficção.

---

[18] Herói da poesia épica russa. (N. do T.)

Pode-se dizer que a literatura, em vez de condenar os criminosos, tem feito o contrário: prepara o terreno para o florescimento de um germe envenenado no inexperiente e cândido espírito da juventude.

O jovem não é capaz de compreender e reconhecer de imediato a verdadeira face do bandido — e depois pode ser tarde, ele se tornará cúmplice dos ladrões e, tendo-se aproximado deles, ainda que minimamente, já terá sido estigmatizado pela sociedade e estará ligado aos seus novos companheiros para a vida e a morte.

Essencial também é o fato de que nele já ferve uma fúria pessoal, e surgem-lhe então contas a acertar com o Estado e seus representantes. Parece-lhe que suas paixões e interesses pessoais o levam a um conflito insolúvel com a sociedade e o Estado. Acredita que paga muito caro por suas infrações, que o Estado chama não de "infrações", mas de crimes.

É levado, também, pelo eterno fascínio que exercem sobre a juventude a "capa e a espada", o jogo secreto; aqui o "jogo" não é brincadeira, mas algo intenso e sanguinário que, pela tensão psicológica que pode provocar, não permite nenhuma comparação com os doentios "Discípulos de Jesus" ou com *Timur e sua esquadra*.[19] Praticar o mal é muito mais fascinante que praticar o bem. Com o coração a palpitar, o jovem adentra o submundo da ladroagem e vê ao seu lado aqueles que são temidos por seu pai e sua mãe. Vê sua aparente independência, sua falsa liberdade. Toma seus falsos elogios por verdade pura. Nos *blatares* ele distingue pessoas que desafiam a sociedade. Em vez da dura aquisição de uns copeques com o trabalho, o jovem se depara com a "prodigalidade" do ladrão, o "requinte" com que distribui cédu-

---

[19] Romance didático de Arkadi Gaidar (1904-1941), de 1940. Conta a história de um grupo de pioneiros dedicados a fazer o bem. (N. do T.)

las de dinheiro depois de um assalto bem-sucedido. Observa como bebe e se diverte o ladrão — essas cenas de farra estão longe de assustar o rapaz. Ele compara o maçante e modesto trabalho diário de seus pais com a "labuta" do mundo dos ladrões, onde, ao que parece, só a coragem se faz necessária... Não pensa em quanto sangue humano e trabalho alheio roubou e agora gasta, sem fazer contas, como aquele seu herói. Por lá sempre há vodca, "erva", cocaína, e deixam-no beber à vontade; por fim é tomado pelo ardente desejo de imitá-los.

Entre os seus coetâneos, antigos companheiros, o rapaz percebe, em relação a ele, certa desconfiança, misturada a algum medo, o que, em sua ingenuidade infantil, toma por consideração.

E, o que é mais importante — vê que todos temem os ladrões, temem que um deles venha a esfaqueá-los, vazar-lhes os olhos...

Num desses antros aparece um certo Ivan Korzubi, vindo da prisão e trazendo consigo milhares de histórias — quem vira, quem fora condenado, por que motivo e a quanto tempo de detenção —, sempre coisas perigosas e cativantes.

O jovem se dá conta de que há pessoas que vivem sem necessitar de nada daquilo que, para sua família, representa constante preocupação.

Eis que está ele bêbado a valer, e eis que já bate em prostitutas — deve saber bater em mulheres! —, essa é uma das tradições de sua nova vida.

O rapaz sonha com o último toque de seu "acabamento", com a definitiva filiação à ordem. Esta é a cadeia, algo que o ensinaram a não temer.

Os mais velhos recrutam-no para o "trabalho" — inicialmente para ocupar algum lugar "na vigia". Eis que agora também os ladrões adultos confiam nele, e eis que ele mesmo está a roubar e agir por conta própria.

Ele incorpora rapidamente as maneiras dos bandidos, o sorriso de indizível desfaçatez, o andar, usa calças derreadas sobre as botas de um modo todo especial, pendura uma cruz no pescoço, compra um gorro *kubanka* para o inverno e um *kapitanka* para o verão.[20]

Em seu primeiro período de permanência na prisão, é logo tatuado por seus novos amigos — mestres nessa arte. É para sempre gravado com tinta azul em seu corpo, como o estigma de Caim, o sinal distintivo de seu pertencimento à ordem dos *blatares*. Vai lamentar depois muitas vezes sobre as figuras indeléveis, sobre todo o sangue dado aos *blatares*. Mas tudo isso ocorrerá depois, muito depois.

Há muito já domina o jargão *blatar*, a língua dos ladrões. Está sempre pronto e a serviço dos mais velhos. Em sua conduta, o que o rapaz teme não é passar da conta, e sim não fazer o bastante.

E, abrindo diante dele uma porta após outra, o mundo *blatar* lhe revela suas últimas profundezas.

Eis que já toma parte nos sangrentos *pravilki*, os "tribunais de honra", e a ele, assim como a todos os outros, obrigam a "registrar a assinatura" no cadáver daquele que foi massacrado pela sentença do tribunal *blatar*. Metem-lhe uma faca na mão e ele a finca no cadáver ainda morno, como prova de plena solidariedade às ações de seus mestres.

Eis que agora ele próprio executa, de acordo com a sentença dos veteranos, aquele que fora apontado como traidor, como "cadela".[21]

---

[20] *Kubanka*: chapéu de pele, de copa reta, característico dos cossacos da região do rio Kuban, no norte do Cáucaso. *Kapitanka*: quepe da Marinha. (N. do T.)

[21] Bandido que traiu a lei da bandidagem; no ensaio "A guerra das cadelas" o autor trata da origem desse grupo de bandidos. (N. do T.)

Entre os *blatares*, dificilmente se encontra algum que, pelo menos uma vez, não tenha cometido assassinato.

Tal é o esquema de educação de um jovem *blatar* oriundo de ambiente externo ao mundo do crime.

Mais simples é a formação daqueles de "sangue azul", os descendentes de *blatares*, bem como dos que não conheceram, nem nunca pretenderam conhecer, nenhuma outra realidade além da vida bandida.

Não se deve pensar que esses futuros ideólogos e chefes do mundo *blatar*, esses príncipes de sangue vigarista, sejam educados de algum modo especial, como plantas cultivadas em estufa. De maneira alguma. Ninguém os protege dos perigos. Apenas terão menos obstáculos em seu caminho rumo ao topo, melhor dizendo, rumo à profundíssima cova do mundo do crime. Seu caminho é mais simples, mais rápido e menos condicionado. Antes que outros obtêm a confiança dos veteranos e, também mais rapidamente, recebem deles as incumbências da ladroagem.

Mesmo que seus antepassados tenham sido os mais influentes figurões do meio criminal, o jovem *blatar* circula por muitos anos em meio a bandidos adultos, nutrindo por eles profunda veneração: vai atrás de cigarro para eles, traz o fogo para acendê-lo, leva e traz "bilhetes", enfim, serve de todo modo possível. Muitos anos se passam antes que o convoquem para um roubo.

O ladrão rouba, bebe, vagueia, entrega-se à libertinagem, joga cartas, tapeia *fráieres*, não trabalha em liberdade, tampouco em detenção, massacra cruelmente renegados e participa dos *pravilki*, que elaboram importantes questões da vida do submundo.

Ele mantém os segredos da bandidagem (não são poucos), ajuda aos colegas "de ordem", promove o engajamento e a educação de jovens e cuida para que a lei dos bandidos seja rigorosamente preservada.

O código não é complicado. Mas ele se incrementou durante um século com milhares de tradições, costumes sagrados, dos quais o cumprimento minucioso é escrupulosamente observado pelos guardiões dos preceitos da ladroagem. Os *blatares* são grandes dogmáticos. A fim de garantir o fiel cumprimento da lei da bandidagem, de tempos em tempos organizam grandes reuniões gerais clandestinas, onde aprimoram suas decisões sobre as regras de conduta relacionadas às novas condições de vida e elaboram (ou melhor, sancionam) as substituições de palavras no sempre cambiante léxico dos bandidos, o jargão *blatar*.

Todas as pessoas do mundo, segundo a filosofia da bandidagem, dividem-se em duas partes. De um lado — "homens de verdade", a delinquência, a pivetada, *urkas*, *urkaganes*, *blatares*, *juki-kuki*[22] e outros do gênero.

Do outro lado estão os *fráieres*, os que estão em liberdade, vistos como "otários" pela bandidagem. A antiga palavra *fráier* é originária de Odessa. Na música da bandidagem do século passado havia muitas gírias judaico-germânicas.

Outras denominações equivalentes a *fráier* são *chtimp*, *mujik*, *tchert*, "pato", "mané". Entre os *fráieres* há o "*chtimp* corrompido", próximo aos *blatares*, e o "*fráier* versado", alguém já traquejado — conhecedor dos assuntos do mundo do crime, que ao menos em parte é capaz de desvendá-los; "*fráier* versado" refere-se a um tipo esclarecido, pronuncia-se o termo com reverência. São dois mundos distintos, separados não só pelas grades da cadeia, mas também por outras particularidades.

---

[22] Nos campos de trabalho, preso por crime comum, por oposição aos presos políticos. (N. do T.)

"Dizem-me que sou um canalha. Está bem, sou um canalha. Sou canalha, biltre e assassino. E daí? Não vivo sua vida, vivo a minha própria, e esta tem outras leis, outros interesses e outra honestidade!" — assim fala o *blatar*.

A mentira, o embuste, a provocação dirigida ao *fráier* — ainda que este tenha livrado da morte um *blatar* —, tudo isso está não só na ordem das coisas, como tem um valor especial no mundo do crime, é a sua lei.

Mais que ingênuos, algo bem pior que isso, são os apelos de Chéinin[23] à "confiança" no mundo do crime, "confiança" pela qual já se pagou com muito sangue.

A falsidade dos *blatares* não tem limites, pois em relação aos *fráieres* (e *fráier* é todo aquele que não é bandido) não há outra lei que não seja a da enganação — por qualquer meio: a falsa lisonja, a calúnia, a promessa...

Foi mesmo para ser enganado que se talhou o *fráier*; aquele que já foi avisado, que já teve alguma dolorosa experiência ao tratar com *blatares*, denomina-se "*fráier* versado" — um grupo especial de *tcherti*.[24]

Os juramentos e promessas dos bandidos não conhecem limites nem fronteiras. Uma fabulosa quantidade de toda a sorte de chefes, educadores estatais e particulares, policiais e juízes de instrução se enredavam no engodo elementar da "palavra de honra do ladrão". Certamente, cada um desses funcionários, que tinham como parte de seus deveres diários lidar diretamente com a bandidagem, mordeu essa isca muitas vezes. E morderam duas, três vezes, porque de nenhum modo podiam compreender que a moral do mundo do crime

---

[23] Lev Chéinin (1906-1967), jurista e escritor soviético, autor de romances policiais e da série *Memórias de um juiz de instrução*. (N. do T.)

[24] De *tchert*, diabo; trata-se de um tipo de não-bandido especialmente desprezado pela bandidagem. (N. do T.)

é outra, que a assim chamada "moral dos hotentotes", com seus critérios de utilidade imediata, é mais que inocente (inocentíssima) se comparada com a sombria prática *blatar*.

Os chefes (ou "chefia", como são chamados pelos bandidos) eram sempre enganados, feitos de tolos...

Enquanto isso, com insistência incompreensível, remontam nas cidades a nociva e desonesta peça de Pogódin, e assim as novas gerações de "chefes" se embevecem com a ideia de "honestidade" de Kóstia, o capitão.

Todo o trabalho educativo com os ladrões, no que se desperdiçaram milhões do dinheiro público, toda essa fantástica "reforja" alardeada e as lendas sobre o Belomorkanal, que há muito andam nas bocas do mundo e são objeto de piada entre os *blatares*, todo esse trabalho educativo se sustentava na "palavra de honra do ladrão", uma coisa absolutamente efêmera.

— Reflita — diz algum especialista no mundo do crime, leitor voraz de Bábel e Pogódin —, não é que Kóstia, o capitão, tenha dado palavra de que iria se emendar. A mim, macaco velho, nessa cumbuca não convencem a meter a mão. Não sou nenhum *fráier* para ignorar que dar a palavra não significa nada para eles. Mas Kóstia, o capitão, deu a "palavra de honra do ladrão". Do ladrão! Vejam só em que a coisa consiste. Essa palavra ele não pode deixar de manter. Seu orgulho "aristocrático" não permitiria tal coisa. Morreria de desprezo por si caso faltasse com a "palavra de honra do ladrão".

Pobre e ingênuo chefe! Dar a palavra de honra a um *fráier*, enganá-lo, depois passar por cima do juramento e violá-lo é ato de heroísmo para a bandidagem, objeto de gabolices nas tarimbas da prisão.

Muitas fugas foram facilitadas graças à tal "palavra de honra" dada em tempo hábil. Se todo chefe soubesse (mas sabem apenas aqueles que, pela longa experiência de con-

Sangue vigarista

tato com os "capitães", tornaram-se mais perspicazes) o que é o juramento do ladrão e fizesse uma justa apreciação da coisa, haveria muito menos sangue vertido e muito menos atrocidades.

Mas é possível que tenhamos errado ao tentar relacionar dois mundos diversos — o dos *fráieres* com o dos *urkas*?

É possível que as leis da honra e da moral funcionem à sua própria maneira no mundo da bandidagem e simplesmente não tenhamos o direito de dirigir-nos a esse mundo com nossos parâmetros morais?

É possível que apenas a um "ladrão na lei"[25] a verdadeira palavra de honra de um ladrão possa ser dada, e nunca a um *fráier*?

Trata-se daquele elemento romântico que agita o coração dos jovens, que de algum modo justifica e introduz o espírito de certa "pureza moral" no cotidiano da vida bandida, nas relações interpessoais no interior desse mundo; ainda que seja uma pureza peculiar. O conceito de infâmia é diverso no mundo dos *fráieres* e na sociedade dos *blatares*? Os movimentos do coração dos *urkas* são dirigidos, digamos assim, por sua própria lei. E somente adotando seu ponto de vista poderíamos compreender, e até aceitar *de facto*, a especificidade da moral da bandidagem.

Não contrariam essa forma de pensar nem mesmo os criminosos mais espertos. E, sobre essa questão, não deixam de fundir a cuca dos simplórios.

Toda e qualquer infâmia dirigida aos *fráieres*, até a mais sangrenta, está justificada e consagrada pelas leis do mundo do crime. Mas em relação aos seus companheiros, ao que parece, o ladrão deve ser honesto. A tábua de preceitos *blata-*

---

[25] No original, "*vor v zakone*". Trata-se de um bandido fiel à lei da bandidagem. (N. do T.)

res o convoca para essa atitude e uma severa punição aguarda os infratores da "camaradagem".

Mas isso, da primeira à última palavra, não passa de pose teatral e fanfarronice. Basta observar o comportamento dos legisladores das modas criminais em condições difíceis, quando não há *fráieres* ao alcance, e eles se veem obrigados a caçar em seu próprio terreiro.

O ladrão mais importante, com mais "autoridade" (uma palavra de grande circulação entre bandidos — "ganhou autoridade" etc.) e fisicamente mais forte, se mantém firme às expensas dos ladrões mais frágeis, menos importantes, que surrupiam comida para ele, prestam-lhe cuidados. E se for preciso que alguém trabalhe, mandam à lida esses companheiros mais frágeis, dos quais a cúpula *blatar* passa a exigir o mesmo que antes exigia dos *fráieres*.

O ameaçador provérbio "morra você hoje, que eu morro amanhã" concretiza-se em toda sua sangrenta realidade de maneira cada vez mais frequente. Infelizmente não há nesse ditado nenhum sentido figurado, nenhuma imagem artística.

A fome obriga o *blatar* a tomar e devorar a ração dos seus amigos de menor "autoridade" e enviá-los a expedições de aprovisionamento que pouco têm em comum com o estrito cumprimento das leis da bandidagem.

Enviam a toda parte as ameaçadoras *ksivas* — mensagens com pedidos de ajuda, e se for possível também algum pedaço de pão — e, quando não se pode simplesmente roubar, são aqueles, os menos importantes, que vão trabalhar, "ralar". E mandam-lhes ao trabalho da mesma forma que para um assassinato. Quem paga pelos assassinatos não são os cabeças, estes limitam-se a condenar à morte. Temendo sua própria execução, são os pequenos bandidos que executam a sentença, matando ou furando os olhos ("sanção" muito comum aplicada aos *fráieres*).

Encontrando-se em situação difícil, os bandidos delatam

as autoridades do *lager* umas às outras. Quanto às delações contra os *fráieres*, os "Ivan Ivánitch",[26] os "políticos", sobre isso nem se fala. Essas denúncias são um meio de facilitação da vida do *blatar* e motivo de especial orgulho para ele.

Abandonam o manto cavalheiresco e o que resta é a pura vileza de que está impregnada a filosofia *blatar*. Quando as condições estão difíceis, tal vileza é logicamente dirigida aos seus companheiros de "ordem". Nisso não há nenhuma surpresa. O reino subterrâneo do crime é um mundo em que a satisfação sequiosa de sórdidas paixões torna-se o objetivo de vida, onde os interesses são bestiais ou ainda pior, pois que qualquer animal se amedrontaria diante de alguns dos atos praticados com a maior facilidade pelos *blatares*.

("O homem é o mais terrível dos animais" — esse ditado *blatar*, muito difundido, é tomado aqui de modo literal e concreto.)

O representante de um mundo como esse não pode dar provas de força de espírito numa situação em que tenha a vida ameaçada ou passe por constante tormenta física, e de fato não manifesta força alguma.

Seria um grande equívoco encarar o que se entende por "beber", "vadear", "farrear", da mesma forma que entendemos essas coisas fora do mundo do crime. Infelizmente! Tudo o que se refere a um *fráier* aparenta a mais casta pureza quando comparado às bárbaras cenas do cotidiano da bandidagem.

Uma prostituta tatuada ou uma assaltante de lojas consegue entrar (de própria iniciativa ou porque solicitada) numa enfermaria hospitalar onde estão os *blatares* doentes (simuladores e autolesionados, naturalmente); à noite, depois de ameaçarem com uma faca o enfermeiro de plantão, toda

---

[26] "Ivan Ivánitch" equivale ao nosso "zé-ninguém". (N. do T.)

a turma de *blatares* se reúne em torno dessa recém-apareci-da Santa Teresa. Podem participar da "diversão" todos os que têm "sangue vigarista". Ela explica, sem qualquer emba-raço ou rubor, que "veio dar uma mão aos rapazes — que eles a requisitaram".

Todos os *blatares* são pederastas. No campo, à roda de cada bandido graúdo andam jovens de grandes olhos turvos: "Zoikas", "Mankas", "Verkas" — que o *blatar* mantém e com os quais se deita.

Numa das repartições do *lager* (onde não se passava fo-me) alguns *blatares* amansaram e perverteram uma cadela. Davam-lhe de comer e acariciavam-na, depois deitavam-se com ela como se deita com uma mulher, abertamente, à vis-ta de todo o barracão.

Custa crer que tais casos, por sua monstruosidade, pos-sam fazer parte das eventualidades do dia a dia. No entanto, essa é a rotina.

Havia uma mina muito populosa onde trabalhavam ape-nas mulheres, num duro trabalho de escavação, a padecer a fome. O *blatar* Liubov conseguiu ir trabalhar por lá.

"Eh, passei muito bem o inverno — recordava o *blatar*. Lá a coisa é clara: é tudo pelo pão, pela raçãozinha. Costu-ma ter o seguinte acordo: você entrega a ração na mão dela — coma! Ela deverá comer toda a ração durante o tempo em que estivermos juntos, caso não consiga, recolho o que so-brou. De manhã recebo a raçãozinha e — meto na neve! Con-gelo a ração — talvez elas não consigam roer muito do pão congelado..."

Naturalmente é difícil conceber que tal ideia passe pela cabeça de um ser humano.

Mas num *blatar* não há nada de humano.

De vez em quando os prisioneiros do *lager* recebem al-gum dinheiro em espécie, a parte que sobra do pagamento de "serviços comunais", como a escolta, as barracas de lona para temperaturas de sessenta graus negativos, a cadeia, as transferências, o fardamento e a alimentação. A sobra é parca, mas é ao menos algum dinheiro. Com a escala de valores alterada, mesmo um salário insignificante de vinte ou trinta rublos mensais desperta grande interesse nos detentos. Com vinte ou trinta rublos se pode comprar pão, muito pão — acaso não é este um sonho acalentado e um importantíssimo "estímulo" durante as longas horas de trabalho extenuante nas galerias das minas, no gelo, com fome e frio? Quando um homem se torna menos humano seus interesses se restringem, mas não perdem a intensidade.

O ordenado sai uma vez por mês, e nesse dia os *blatares* circulam por todos os barracões dos *fráieres*, obrigando-os a entregar-lhes o dinheiro — às vezes a metade, às vezes tudo, a depender da consciência do "extorsor". Quando não entregam por bem, tomam-lhes o dinheiro à força, espancando-os com um pé-de-cabra, uma picareta ou uma pá.

Mesmo sem contar os *blatares*, ainda restam muitos cobiçadores desse ordenado. Frequentemente as brigadas de trabalho que melhor se alimentam, as que têm um bom talão de alimentação, são avisadas pelos chefes que os trabalhadores não vão receber dinheiro, que este irá para a mão do capataz ou do responsável pelas cotas de produção. E, se não estiverem de acordo, os talões deixam de ser dos bons, o que condena o detento à morte por inanição.

O pagamento de tributos à "chefia" — responsáveis pelas cotas, chefes de brigadas, encarregados — é um fenômeno propagado nos campos de trabalho.

O mesmo se pode dizer das pilhagens empreendidas por *blatares*. A extorsão é institucionalizada, está por toda a parte e a ninguém causa surpresa.

Em 1938, quando entre as autoridades e a bandidagem existia um acordo quase oficial, quando os ladrões foram declarados "amigos do povo", os altos dirigentes usaram os bandidos como armas na luta contra "trotskistas", os "inimigos do povo". Chegaram a dar "aulas de política" para *blatares* no KVT,[27] o setor educativo cultural, explicando-lhes as simpatias e esperanças do poder e pedindo-lhes ajuda na tarefa de aniquilar os trotskistas.

— Essa gente foi enviada para ser aniquilada e é tarefa de vocês nos ajudar nesse assunto — são as palavras literais de Charov, o inspetor do KVT da mina Partizan, pronunciadas durante uma das tais "aulas", no começo do ano de 38.

Os *blatares* concordaram inteiramente em colaborar. E como! Isso lhes salvou a vida e fez deles membros "úteis" da sociedade.

Viam nos trotskistas a *intelligentsia* que tanto odiavam. Além disso, aos olhos dos *blatares*, aqueles eram a "chefia" caída em desgraça, os chefes que um sangrento acerto de contas aguardava.

Com pleno consentimento das autoridades os *blatares* se lançaram ao massacre dos "fascistas" — em 1938 não havia outro apelido para os enquadrados no artigo 58.[28]

Figuras mais importantes, como Echba,[29] ex-secretário do comitê regional do Partido no Cáucaso Norte, eram detidas e fuziladas na famosa Serpantinka, já o restante era ex-

---

[27] Sigla da *Kulturno-Vospitátelnaia Tchast*, Repartição de Cultura e Educação, órgão associado à política de trabalhos correcionais nos campos de trabalho, cuja tarefa declarada era a convocação dos detentos ao trabalho organizado com o fim de "reeducá-los". (N. do T.)

[28] Artigo do Código Penal soviético de 1922, relativo a crimes políticos por atividade contrarrevolucionária. (N. do T.)

[29] Efrem Echba (1893-1939), político da Abkházia que contribuiu para o estabelecimento do poder soviético no Cáucaso, secretário do comitê central do Partido Comunista georgiano entre 1922 e 1924, foi detido e morto por fuzilamento. Em 1956 foi reabilitado. (N. do T.)

terminado pelos *blatares*, pela escolta, pela fome e pelo frio. Foi grande a participação da bandidagem na liquidação dos trotskistas no ano de 1938.

"Há também casos — alguém dirá — em que o bandido, se lhe oferecem indulgência, mantém sua palavra e — sem dar a perceber — garante a 'ordem' no *lager*."

— Para mim é mais vantajoso — diz um dirigente — que cinco ou seis ladrões absolutamente não trabalhem, ou trabalhem onde quiserem; assim, em contrapartida, o restante da população do *lager* que não será molestada por ladrões trabalhará bem. Tanto mais que a escolta não é suficiente. Os ladrões prometem não roubar e cuidar para que todos os outros prisioneiros trabalhem. É verdade que os ladrões não garantem o cumprimento das normas de trabalho por parte dos outros prisioneiros, mas isso era a última coisa com que deviam se preocupar.

Casos semelhantes de acordos entre bandidos e autoridades locais não são tão raros.

A autoridade não busca o fiel cumprimento das regras do regime prisional, facilitando assim, e de modo considerável, a sua tarefa. Tal autoridade não compreende que já caiu na lábia do bandido, que já está no "papo" do ladrão. Ele já derrogou a lei ao conceder indulgência ao ladrão em nome de algo falso e criminoso — porque a população *fráier* do *lager* é submetida por essa autoridade ao poder dos bandidos. De toda essa população, os únicos que podem contar com a proteção dos dirigentes são os *bytovikí*, condenados por delitos relacionados ao serviço e outros crimes comuns, como o desfalque, o assassinato e o suborno. Os condenados pelo artigo 58 não contam com nenhuma proteção.

Essa primeira condescendência em relação aos bandidos leva facilmente os dirigentes a um contato mais estreito com o mundo do crime. O chefe recebe propina — em "filhotes de galgo"[30] ou em dinheiro — tudo vai depender da experiência daquele que doa e da avidez daquele que recebe. Os ladrões são mestres em subornar. E fazem-no com prodigalidade, porquanto o que se repassa em suborno foi adquirido em assaltos, pilhagens.

Ofertam roupas de mil rublos (os *blatares* tanto usam, quanto guardam boas peças da indumentária "não carcerária", precisamente para ofertá-las como suborno em caso de necessidade), algum excelente calçado, relógios de ouro, uma significativa quantia em dinheiro...

Se o chefe recusar, procurarão, então, "untar" as mãos de sua esposa, empregarão toda sua energia para fazê-la aceitar alguma coisa, por uma vez ou duas, somente. É um agrado. Por isso não pedirão nada em troca à "chefia". Vão simplesmente presenteá-los e agradecer-lhes. Pedirão mais tarde — quando estiver o chefe mais firmemente emaranhado na teia dos ladrões, de modo que passe a temer que o denunciem à alta direção. Denúncias desse tipo representam uma ameaça de peso e são facilmente executáveis.

A palavra de honra do ladrão é algo sobre o que ninguém pode ter certeza — pois que é, afinal, o juramento de um *blatar* a um *fráier*.

E, ainda, a promessa de não roubar é uma promessa de não roubar ou assaltar de modo flagrante — e nada mais. Um chefe não pode liberar os ladrões para uma expedição de rapinagem (apesar de casos semelhantes também terem acontecido). Os ladrões vão roubar de um modo ou de outro, por-

---

[30] Referência a uma passagem da comédia *O inspetor geral* (1836), de Gógol. No primeiro ato, o juiz Liápkin-Tiápkin admite ao prefeito: "Posso falar a todo mundo que recebo propinas, mas que tipo de propina? Filhotinhos de galgo. Mas isso já é outra coisa" (Nikolai Gógol, *Teatro completo*, São Paulo, Editora 34, 2009, tradução de Arlete Cavaliere). (N. do T.)

que essa é sua vida, é sua lei. Eles podem até prometer à chefia não roubar em seu próprio campo, não fazer a limpa nas barracas do *lager*, não assaltar os funcionários, os guardas, mas serão falsas promessas. Encontrarão sempre um mais velho que estará disposto a dispensar seus companheiros de "juramentos" dessa ordem.

Se está feita a promessa de não roubar, significa que a extorsão será executada com intimidações mais severas, inclusive com a ameaça de morte.

Naquelas repartições do *lager* onde bandidos comandam distribuindo tarefas, atuando como cozinheiros, carcereiros e até como chefes, os prisioneiros vivem da pior forma possível, sem direito algum, são os que mais passam fome, os que menos recebem e que pior comem.

A escolta do *lager* também seguiu o exemplo desses chefes.

Por anos a escolta que acompanhava os prisioneiros ao trabalho esteve responsável também pelo cumprimento da meta. Essa não era uma responsabilidade autêntica e efetiva, era antes uma tarefa sindical. No entanto, submetendo-se à ordem militar, os guardas exigiam trabalho dos detentos. "Vamos! Vamos!" — tornou-se um brado costumeiro não só na boca dos chefes de brigada, inspetores e capatazes, mas também dos guardas da escolta. A escolta, para a qual esse serviço representava um excesso em sua carga de trabalho, normalmente apenas de vigilância, recebeu sem muito aprovar essa nova e não remunerada incumbência. Mas, como ordem é ordem, passaram a empregar a coronha do fuzil com mais frequência, para extrair o "percentual" dos prisioneiros.

Pouco depois — empiricamente, quero crer — a escolta encontrou uma saída daquela situação que as insistentes diretivas de seus chefes, concernentes à produção, tanto dificultavam.

A escolta conduzia ao trabalho um grupo de detentos (no qual sempre se misturavam "políticos" com ladrões) e dava o trabalho em arrendamento aos ladrões. Estes desempenhavam de bom grado o papel de chefes voluntários de brigada. Espancavam os presos (com a benção e o apoio da escolta), forçavam velhos semimortos de fome a realizar um pesado trabalho nas galerias das minas de ouro, arrancando-lhes a pauladas a meta, em que estava incluída a cota dos próprios bandidos.

Os capatazes nunca se envolviam com esses detalhes, preocupavam-se apenas com o aumento da produção geral a qualquer custo.

Os capatazes eram quase sempre subornados pelos ladrões. Isso se fazia na forma de suborno direto, pago em gêneros ou em espécie, sem qualquer acerto prévio. O próprio capataz contava com a propina. Esta representava um acréscimo permanente e significativo ao seu rendimento.

Por vezes o acerto com os capatazes acontecia por meio do "jogo dos cúbicos", isto é, o jogo de cartas em que se apostavam metros cúbicos escavados.

O chefe de brigada (dos bandidos) se sentava para jogar com o capataz e, diante de "trapos" expostos — ternos, suéteres, camisas, calças —, exigia que o pagamento da aposta fosse em "cúbicos" — metros cúbicos de terra...

Em caso de vitória — e os bandidos venciam quase sempre —, à exceção daqueles raros casos em que exigiam uma propina mais "luxuosa", digna de um marquês francês à mesa de jogo de Luís XIV, os metros cúbicos de terra e rocha escavados por outra brigada eram atribuídos à dos bandidos, que, sem trabalhar, recebiam altas compensações. Os capatazes mais instruídos mantinham o equilíbrio às expensas da produção das brigadas dos trotskistas.

A "venda dos metros cúbicos" e toda a manipulação dos dados eram um verdadeiro flagelo nas minas. A medição topográfica restabelecia a verdade e revelava os culpados... Os capatazes-bandidos eram não mais que rebaixados de cargo ou transferidos para outro lugar. E para trás ficavam os cadáveres dos famintos, dos quais tinham sido tomados os metros cúbicos perdidos pelo capataz.

O espírito corrupto dos *blatares* permeava toda a vida de Kolimá.

Sem um claro entendimento da essência do mundo do crime é impossível compreender os campos de trabalho forçado. São os *blatares* que dão as feições aos lugares de detenção, que dão o tom a toda a existência que há neles — da mais alta chefia aos famintos trabalhadóres das galerias das minas.

O bandido ideal, "o autêntico ladrão", o *blatar* Cascarilha[31] não rouba "indivíduos". Tal é uma das lendas criadas sobre o mundo do crime... Um ladrão rouba somente o Estado — armazéns militares, caixas de pagamento, mercearias; na pior das hipóteses, roubam apartamentos dos que estão em liberdade, mas tomar as últimas coisas de um detento, um prisioneiro, um "bom ladrão" não se meterá a fazer. O furto de peças íntimas, a troca forçada de roupas e calçados em bom estado por outros já gastos, o roubo de luvas, casacos curtos de peliça, suéteres e cachecóis (do tipo oficial), jaquetas, calças (do tipo civil) — eram atividades realizadas por pequenos ladrões, vândalos adolescentes, trombadinhas, ladrões de galinha...

— Se tivéssemos aqui ladrões de verdade — suspira o bem-pensante, — não permitiriam os saques perpetrados pelos pequenos delinquentes.

O pobre *fráier* acredita em Cascarilha. Ele não quer en-

---

[31] Personagem emblemático do filme de Iákov Protazanov, *O processo dos três milhões* (*Protsess o triokh millionakh*), de 1926. (N. do T.)

36   Ensaios sobre o mundo do crime

tender que os pequenos delinquentes são mandados para surrupiar roupas de baixo por gente mais graúda, e que, se as coisas roubadas aparecem nas mãos dos ladrões com "autoridade", não é porque estes sejam mais capazes de roubar calças e casacos.

O *fráier* não sabe que na maioria das vezes são os ladrõezinhos — aqueles que devem se aperfeiçoar em sua arte — que "afanam" e que serão outros a repartir o butim. Em caso de operação mais complicada, os ladrões adultos também participam do roubo — ou por meio da persuasão: "dê-me, ora, para que precisa disso?" — ou por meio da famigerada "troca", quando obrigam os *fráieres* a enfiarem-se em andrajos, roupas que há muito se tornaram simulacros do que foram e que agora servem apenas para serem devolvidas nas mudanças de estação, quando se dá a prestação de contas relativa à vestimenta. É por isso que nos campos, um dia ou dois depois da distribuição de novos fardamentos às melhores turmas, quem aparece com novos casacos, jaquetas e gorros são os ladrões, apesar de não terem sido eles que os receberam. Por vezes, durante a "troca", deixam o *fráier* fumar ou lhe dão um pedaço de pão — mas isso quando o *blatar* é "honesto", quando não é mau por natureza, ou quando teme que sua vítima "abra o berreiro" e provoque uma balbúrdia.

A recusa à "troca" ou ao "agrado" implica em espancamento e até em golpes de faca, caso o *fráier* insista em resistir. Mas na maioria das vezes a questão prescinde do uso da faca.

Quando se trabalha horas a fio a cinquenta graus negativos, com poucas horas de sono, com fome e escorbuto, essas "trocas" não são, de modo algum, brincadeira. Entregar as *válienki*[32] recebidas de casa significa congelar os pés. Com

---

[32] Botas de feltro de cano alto. (N. do T.)

as botas de pano furadas que oferecem na "troca" não se consegue trabalhar por muito tempo no frio.

A certa altura do outono de 1938, recebi um pacote de casa — as minhas velhas botas de aviador com sola de cortiça. Eu temia retirá-las do correio, cujo prédio era cercado por uma multidão de *blatares*, vagueando na branca penumbra da noite, à espera de vítimas. Vendi as botas lá mesmo ao capataz Boiko por cem rublos — pelos preços de Kolimá as botas valiam dois mil. Eu poderia chegar até o barracão com as botas, mas elas me seriam roubadas já na primeira noite, iriam arrancá-las de meus pés. Meus próprios vizinhos levariam os ladrões ao barracão, com o fim de obter cigarros, uma casca de pão; sem demora mostrariam o caminho aos salteadores. O *lager* era repleto de "olheiros" dessa sorte. Quanto aos cem rublos recebidos pelas botas — representavam cem quilos de pão —, além disso, dinheiro é muito mais fácil de guardar, levando-o sempre junto ao corpo e cuidando para não dar na vista na hora de comprar alguma coisa.

Eis que circulavam os bandidos com botas de feltro dobradas à moda *blatar*, "para que a neve não penetrasse"; "adquiriam" peliças curtas, cachecóis, toucas com protetores de orelhas — não eram toucas simples, mas estilosos gorros de pele à moda *blatar*, que faziam parte de seu "uniforme".

Tudo quanto é coisa inesperada está à roda da cabeça do jovem, camponês, operário ou intelectual. O rapaz entende que assassinos e ladrões vivem melhor que todos nos campos de trabalho, gozando, inclusive, de relativo bem-estar material e distinguindo-se por uma conduta destemida, certa firmeza no olhar e uma intrepidez invejável.

As autoridades também tinham de se ver com a bandidagem. No *lager* os *blatares* são senhores da vida e da morte. Estão sempre saciados, sabem "fazer aparecer o seu", enquanto todos os outros padecem de fome. O ladrão não trabalha e, mesmo no *lager*, embriaga-se, já o jovem camponês é obrigado a "lavrar a terra" — assim arranjam-se com habilidade. Os ladrões têm sempre tabaco, o cabeleireiro do *lager* vem lhes cortar os cabelos "em domicílio", no estilo *box* (rente), munidos de seus melhores instrumentos. O cozinheiro lhes traz diariamente conservas e guloseimas roubadas da cozinha. Mesmo os ladrões menos importantes podem contar com as melhores porções, dez vezes maiores. O cortador de pão jamais lhes negaria um pedaço. Toda a roupa civil é usada pelos *blatares*. Para eles disponibilizam-se os melhores lugares das tarimbas — junto à luz e aos fornos. Eles têm esteiras acolchoadas e cobertores de algodão, enquanto o jovem kolkhoziano dorme em troncos de árvores cortados longitudinalmente. O jovem camponês começa a pensar que no *lager* os *blatares* são os detentores da verdade, a única força, tanto material quanto moral, à exceção das autoridades, que na grande maioria dos casos prefere não brigar com os *blatares*.

O jovem rapaz do *lager* começa a prestar serviço aos *blatares*, a imitar seu palavreado, seu comportamento; sonha poder ajudá-los, iluminar-se com seu fogo.

Não demora muito a chegar a hora em que ele, seguindo as instruções de um *blatar*, faz seu primeiro furto no próprio rancho — e estará pronto um novo *portchak*.

O veneno do mundo do crime é terrivelmente assustador. A intoxicação com esse veneno equivale à corrupção de tudo o que há de humano no homem. Esse fétido alento é respirado por todos os que se aproximam desse mundo. Que tipo de máscaras antigás seriam aqui necessárias?

Conheci um doutor em ciências, um médico contratado, que recomendava ao seu colega que tivesse especial atenção para com um "doente": "Pois ele é um ladrão importante!".

Era de se imaginar que o paciente deveria, no mínimo, ter lançado um foguete à Lua — a julgar pelo tom empregado

Sangue vigarista

na recomendação. O médico não era capaz de perceber todo o ultraje que semelhante atitude fazia recair sobre ele.

Os ladrões rapidamente descobriram o ponto fraco de Ivan Aleksándrovitch (assim chamava-se o doutor em ciências). No setor que administrava havia sempre pessoas inteiramente saudáveis a repousar. ("O professor é como um pai" — troçavam os bandidos.)

Ivan Aleksándrovitch mantinha falsos prontuários clínicos e, sem lamentar o tempo de descanso noturno que perdia, muito menos o tempo laboral, diariamente redigia prescrições, solicitava análises e exames...

Certa vez tive a oportunidade de ler uma carta endereçada a ele por um grupo de ladrões de uma prisão de transferência; na carta solicitavam que recebessem no hospital determinados companheiros seus, que necessitavam de repouso, segundo o juízo daqueles bandidos. E os *blatares* listados foram pouco a pouco colocados no hospital.

Ivan Aleksándrovitch não temia os *blatares*. Era antigo em Kolimá, um macaco velho, dele os bandidos não conseguiriam nada com ameaças. Mas os amistosos tapas nas costas, os cumprimentos tomados por Ivan Aleksándrovitch como a mais pura sinceridade, seu prestígio no mundo *blatar*, prestígio que no fundo não compreendia e nem queria compreender — eis o que o aproximou do mundo do crime. Ivan Aleksándrovitch, como muitos outros, foi hipnotizado pela onipotência dos *blatares* e a vontade deles tornou-se a sua vontade.

Os muitos anos de salamaleques com bandidos constituem um pernicioso elemento da sociedade, que a ela causou um dano incalculável e não cessa de envenenar nossa juventude com seu fétido alento.

Fundada em pressupostos puramente especulativos, a teoria da "reforja" provocou dezenas e centenas de milhares de mortes desnecessárias nos lugares de detenção, um pesadelo de muitos anos, criado nos campos de trabalho por gente indigna de ser chamada "humana".

O jargão da bandidagem varia de tempos em tempos. A variação desse vocabulário cifrado não é um processo de aperfeiçoamento, mas um meio de autopreservação. O mundo do crime sabe que os investigadores criminais estudam seu linguajar. Um homem admitido na "tribo", que tenha resolvido se expressar por meio da "música *blatar*" dos anos 1920 — quando diziam "ficar na vigília" ou "de butuca" — desperta desconfiança nos *blatares* dos anos 1930, acostumados à expressão "fazer a guarda", por exemplo.

Compreendemos mal e erroneamente a diferença entre bandidos e pequenos delinquentes. Não há muito a dizer, os dois grupos são antissociais, ambos danosos à sociedade. Mas raramente somos capazes de mensurar o real perigo de cada um desses grupos e sobre eles tecer uma consideração. É indiscutível o fato de que tememos mais a um pequeno delinquente que a um bandido. No dia a dia temos pouquíssimo contato com bandidos, o que somente acontece nos departamentos de polícia ou nas investigações criminais, quando estamos no papel de vítima ou testemunha. O pequeno delinquente é muito mais ameaçador — um monstro bêbado, um estuprador como o da travessa Tchubarov, que surge na avenida, ou no clube, ou no corredor dos apartamentos comunais. A tradicional propensão russa para a bravata — os pileques nas festas "do templo", as brigas dos bêbados, o assédio às mulheres, o palavreado sujo —, tudo isso, que nos é bastante conhecido, parece-nos muito mais assustador que o secreto mundo dos bandidos, sobre o qual temos — por culpa da literatura de ficção — uma ideia muito imprecisa. Somente os funcionários do setor de investigação criminal podem ter real noção do que se deve aos simples delinquentes e aos autênticos bandidos; mas, como se pode ver na obra de Lev Chéinin, o conhecimento nem sempre é empregado de maneira justa.

Não sabemos exatamente o que é um bandido, um *urkagan*, um *blatar* ou um criminoso reincidente. Aquele que, depois de roubar a roupa do varal de uma *datcha*, por ali mesmo se embriaga no bar da estação, consideramos um importante "assaltante".

Não suspeitamos que um homem possa roubar e não ser um bandido, um integrante do submundo do crime. Não compreendemos que alguém possa cometer furtos e assassinatos e não ser exatamente um *blatar*. É certo que os *blatares* roubam. É disso que vivem. Mas nem todo ladrão é *blatar*, e compreender essa diferença é expressamente necessário. O mundo do crime existe de modo paralelo aos pequenos roubos e delinquências.

É certo que para quem é vítima de roubo não importa se foi um ladrão-*blatar*, um ladrão profissional mas não *blatar*, ou o vizinho que nunca praticara furtos anteriormente quem roubou de seu apartamento o jogo de colheres de prata ou o fraque cor de fumo-navarino-com-chama.[33] Isso é assunto para a investigação criminal.

Sentimos mais medo dos pequenos delinquentes que dos bandidos. É evidente que nenhuma "milícia popular" seria capaz de resolver o problema da bandidagem, sobre o que temos, infelizmente, uma noção inteiramente deturpada. Por vezes, pensam que os *blatares* vivem na mais rigorosa clandestinidade, escondendo-se sob nomes falsos. Eles roubam

---

[33] No romance *Almas mortas* (1842), de Gógol, quando Tchítchikov está a provar o fraque que encomendara, é levado ao governador-geral e, por ordem deste, à prisão, com seu elegante fraque "cor de fumo-navarino-com-chama". A tradução do termo é de Tatiana Belinky. (N. do T.)

somente lojas e caixas. A roupa do varal esses "Cascarilhas" não vão surrupiar; e um cidadão qualquer até ficaria alegre em poder ajudar a um desses "nobres vigaristas" (às vezes os escondiam da polícia), ora por impulso romântico, ora por medo; mais frequentemente por medo.

O pequeno delinquente é mais amedrontador. É cotidiano, acessível, próximo. É apavorante. Procuramos proteção contra ele tanto na polícia quanto nas "milícias populares".

Entretanto, um pequeno delinquente, qualquer pequeno delinquente, encontra-se ainda no limite da humanidade. Um ladrão-*blatar* já está fora da moralidade humana.

Um assassino qualquer, um delinquente qualquer, não é nada se comparado a um *blatar*. Este é também assassino e delinquente e é ainda mais alguma coisa cuja designação não existe na língua dos homens.

Os agentes do sistema carcerário e da investigação criminal não gostam de compartilhar suas mais preciosas recordações. Nós temos milhares de romances policiais baratos, mas nem um livro sério e honesto sobre o mundo do crime que tenha sido escrito por agentes, dos quais o combate a esse mundo era uma obrigação.

Esse é um estável grupo social, que seria mais corretamente denominado antissocial. Ele inocula o veneno na vida de nossas crianças, luta contra nossa sociedade e, muitas vezes, obtém sucesso porque o tratam com confiança e ingenuidade, enquanto ele combate a sociedade com armas inteiramente distintas — as armas da vileza, da mentira, da astúcia e do engano — e vive a enganar uma autoridade após outra. Quanto mais alto for o posto da autoridade, mais fácil será enganá-la.

Os próprios *blatares* têm uma ideia bastante negativa a respeito dos pequenos delinquentes. "Mas isso não é um bandido; não passa de um arruaceiro", "É um comportamento de arruaceiro, indigno de um bandido" — frases desse tipo,

Sangue vigarista

cuja pronúncia é impossível reproduzir, são correntes no mundo do crime. Exemplos dessa hipocrisia dos bandidos encontram-se por toda parte. O *blatar* quer se apartar dos arruaceiros, colocar-se muito acima deles, e exige com insistência que os bem-pensantes façam distinção entre bandidos e arruaceiros.

A instrução do jovem *blatar* é também orientada nesse sentido. Um bandido não deve ser um arruaceiro, pois a imagem do bandido-*gentleman* é tanto um testemunho dos romances escutados[34] quanto um credo oficial, símbolo da fé da bandidagem. Nessa imagem do bandido-*gentleman* há certa nostalgia da alma *blatar* por um ideal inalcançável. Por isso a "elegância" e a "secularidade" de seus modos são tidos em alta conta no submundo dos ladrões. Precisamente daí vieram parar no léxico da bandidagem, onde se fixaram, os termos: "mundo do crime", "girar", "comer com ele" — nada disso soa enfático ou irônico. São termos de sentido preciso, expressões correntes da língua.

Nas "suras" da bandidagem está dito que um bandido não deve ser um arruaceiro.

> *Em paletó inglês, de buquê na lapela,*
> *Em trajes modestos, foi pontual:*
> *Às sete e meia, sem olhar pela janela*
> *Abandonou sem demora a capital.*

Esse é o ideal, a representação clássica do "grande arrombador de cofres" *blatar*, do bandido-*gentleman*, do Cascarilha do filme *O processo dos três milhões*.

---

[34] Alusão à prática de recontar histórias nas prisões e nos campos de trabalho. Ver o último ensaio deste volume, "Como 'tirar romances'". (N. do T.)

A arruaça é algo muito inocente, puro demais para um bandido. Eles se divertem de outra forma. Matar alguém, depois rasgar a barriga e arrancar as tripas para com elas estrangular outra vítima, isso, sim, é o estilo *blatar*; e houve casos nesse gênero. Os chefes de brigada não mataram pouco nos campos de trabalho, mas serrar ao meio o pescoço de um homem vivo com uma serra transversal de dois cabos, apenas uma mente *blatar* poderia conceber ideia tão macabra, jamais a mente humana.

A mais infame arruaça parece uma inocente brincadeira de criança, quando comparada às diversões habituais dos *blatares*.

Os bandidos podem farrear, beber e arruaçar em qualquer lugar de seu "pedaço", com sua "turma"; farrear sem causar muito rebuliço, revelando somente aos seus companheiros e neófitos adoradores — para os quais a filiação à ordem *blatar* é questão de uns poucos dias — até onde pode ir sua valentia.

A pequena delinquência, o furto ocasional, tudo isso representa a periferia do mundo *blatar*, aquela zona de fronteira onde a sociedade encontra seu antípoda.

O recrutamento de jovens ou novos bandidos raramente é feito entre pequenos delinquentes. A não ser que abandonem suas arruaças e, contaminando-se na cadeia, passem a integrar as fileiras do submundo *blatar*, onde nunca terão papel importante em sua ideologia ou na elaboração de suas leis.

Os ladrões profissionais ou descendem de ladrões, ou são aqueles que passaram por todo o curso de ciência da bandidagem, buscando vodca e cigarros para os mais velhos, ficando "de vigília", ou "de guarda", entrando pela janela para abrir a porta aos ladrões, fortalecendo sua disposição na cadeia para, só então, entrar a dar golpes de forma independente.

O mundo do crime é hostil às autoridades, a qualquer autoridade. Os *blatares* mais "refletidos" sabem muito bem disso. De modo algum imaginam os heroicos tempos dos "veteranos" e dos "forçados" como envoltos em glória. "Veterano" é a alcunha que indica um detido do "batalhão de prisioneiros" do tsar. "Forçado" é aquele que esteve no cárcere tsarista, em Sacalina, em Kolhessukha. Em Kolimá é habitual chamar a província central de "continente", embora Tchukotka não seja uma ilha, mas uma península. O termo "continente" entrou para a literatura, a linguagem jornalística e a correspondência oficial. Essa palavra-imagem é também nascida no mundo do crime; as rotas marítimas, a linha Vladivostok-Magadan, o desembarque em meio aos rochedos desérticos — era tudo muito semelhante ao quadro do passado em Sacalina. Assim, radicou-se o termo "continente" além de Vladivostok, embora, no caso de Kolimá, ninguém nunca a tenha chamado de ilha.

O mundo do crime é um mundo do presente, de um presente real. O "larápio" compreende perfeitamente que o legendário Gorbatchevski, da canção "O trovão retumbou que Gorbatchevski incendiou", não é mais herói do que qualquer Vanka Tchibis de uma lavra vizinha.

A experiência no estrangeiro não encanta os *blatares* mais inteligentes; aqueles que lá estiveram por ocasião da guerra não lhe rendem elogios, sobretudo à Alemanha — por causa da excessiva severidade das punições por furto e assassinato. A França é um pouco mais favorável a um bandido, mas como as teorias de reeducação também não alcançam êxito por lá, torna-se, então, dura para os ladrões. Relativamente propícias aos *blatares* parecem ser as nossas condições, com toda a confiança que depositamos nas inumeráveis e fatídicas "campanhas de reforja".

Entre as lendas originadas no submundo *blatar* está aquela bravata dos bandidos, segundo a qual um verdadeiro *urka* escapa da prisão e dela faz pouco caso. Porque a prisão não passa de uma triste fatalidade da profissão de ladrão. Isso é também afetação e exibicionismo. E é falso, como tudo o que provém da boca de um *blatar*.

O ladrão de casas Iuzik Zagorski (ou "o Polaco") gabava-se com faceirice de ter passado apenas oito anos — dos seus vinte de gatunagem — na prisão. Assegurava que depois de um golpe bem-sucedido não se entregava à farra, nem à bebedeira. Em vez disso, frequentava a ópera, para o que, vejam só, tinha até ingressos para a temporada, e somente quando se acabava o dinheiro ele voltava a roubar. Exatamente como na canção:

> *Conheci no jardim, durante o concerto*
> *O milagre da beleza na Terra.*
> *O dinheiro, como a neve, derrete com pressa,*
> *Retornar é preciso, voltar atrás,*
> *Mergulhar de cabeça outra vez*
> *Nas sombras da Leningrado perversa.*

Entretanto, aquele amante do canto lírico não podia recordar o título de nenhuma das óperas que ouvira com tanta paixão.

Iuzik, pelo visto, confundiu as memórias[35] — e a conversa não seguiu adiante. Certamente seu gosto por óperas foi haurido dos "romances" reiteradamente ouvidos nas noites do cárcere.

---

[35] No original, *"vzial notu nie iz toi ópery"*, literalmente, "tomou nota de outra ópera", expressão idiomática que significa dizer algo não relacionado ao assunto em questão. (N. do T.)

E, no que se refere aos anos de prisão, Iuzik estava contando vantagem — reproduziu as palavras de um outro, algum *blatar* mais importante.

Os bandidos dizem que no momento do furto experimentam uma excitação especial, uma vibração de nervos que assemelha o ato de roubar ao ato criativo, à inspiração; um particular estado psicológico de agitação nervosa e elevação do espírito que, por seu poder de sedução, sua plenitude, intensidade e força, a nada se pode comparar.

Dizem que naquele instante o ladrão experimenta uma sensação infinitamente mais intensa que a de um jogador diante da mesa com feltro verde, ou, nesse caso, da "almofada" — a tradicional mesa de jogos do submundo *blatar*.

"Você enfia a mão no bolso — conta um batedor de carteiras — e seu coração acelera, bate forte... enquanto saca aquela maldita nota, que talvez seja de apenas dois rublos, você morre e ressuscita mil vezes."

Há furtos absolutamente livres de perigo, mas a excitação criativa e a inspiração do ladrão, ainda assim, estão presentes. A sensação de risco, de arrebatamento, de vida.

Os ladrões não se importam nem um pouco com aqueles que são roubados. No *lager*, vez ou outra, o ladrão rouba trapos absolutamente inúteis, simplesmente para roubar, para experimentar uma vez mais aquela "sublime enfermidade"[36] do furto. Enfermidade "contagiosa" — é como falam os *blatares* sobre esse tipo de excitação. No *lager*, entretanto, não são muitos os adeptos da "arte pela arte" do furto. A maioria prefere o assalto ao furto, o insolente e declarado assalto, quando arrancam da vítima, à vista de todos, o casaco, o cachecol, o açúcar, a manteiga, o tabaco — tudo o

---

[36] No original, *"vysókaia boliézn"*, também título de um poema de Boris Pasternak (1890-1960) publicado entre 1923 e 1928. (N. do T.)

que se possa comer e tudo o que possa valer como dinheiro nos jogos de cartas.

Um ladrão de estradas de ferro contou sobre aquela particular excitação que o toma quando abre uma mala roubada. "Não forçamos a fechadura — dizia ele —, apenas batemos a trava contra uma pedra e ela se abre."

Essa "inspiração" do ladrão está muito distante daquilo que denominamos de "coragem" humana. "Coragem" não é a palavra. Trata-se de impudência em estado puro, uma impudência sem limites, a qual somente a contraposição de rígidas barreiras pode deter.

Nenhum desconforto psicológico, como o peso na consciência, acompanha a atividade do ladrão.

O jogo de cartas ocupa um lugar importante na vida da bandidagem.

Nem todos os *blatares* jogam o tempo todo, como os "doentes", a ponto de perder nas disputas o último par de calças. Mas perder tudo desse modo não é considerado desonra.

No entanto, todos os *blatares* sabem jogar cartas. E como sabem! Essa habilidade faz parte do "código cavalheiresco" do submundo da bandidagem. Não são muitos os jogos que os *blatares* precisam dominar e nos quais são treinados desde a infância. Os jovens ladrões treinam constantemente — tanto na confecção de cartas quanto na arte de "relançar a aposta" para engordá-la.

A propósito, essa expressão dos jogos de cartas, que se refere ao aumento da aposta (para "engordá-la"), foi transcrita por Tchekhov, em sua *A ilha de Sacalina*, como "relançar a aposta engordada" (!), tomando-a como expressão corrente nas jogatinas do submundo. O equívoco está presente em todas as edições de *A ilha de Sacalina*, incluindo a acadêmica. O autor não ouviu bem o vocabulário empregado nas partidas.

O mundo do crime é um mundo estagnado. A força da tradição atua nele com grande intensidade. Por isso conservaram-se entre os *blatares* alguns jogos que há muito desapareceram da vida comum. O conselheiro de Estado Chtoss de *O retrato*, de Gógol,[37] é ainda uma realidade no mundo do crime. O centenário jogo *chtos* ganhou outro nome, mais ágil, do ponto de vista lexical — *stos* (trata-se do jogo "faraó"). Num dos contos de Kaverin, meninos de rua cantam uma famosa romança, alterando-a ao seu gosto e entendimento: "A rosa negra, emblema da tristeza...".

Todo *blatar* deve saber jogar faraó e enfrentar a banca como Hermann ou Tchekalinski.[38]

O segundo jogo — porém o mais difundido — é o *burá*, chamado "trinta e um" pelos *blatares*. Semelhante ao *otchkó*, o *burá* permaneceu como um jogo do mundo do crime. Entre bandidos não se joga mais *otchkó*.

O terceiro e mais complicado é um jogo onde se tomam notas — o *terts* (a "trinca") — uma variação do "quinhentos e um". A trinca é jogada por mestres, "seniores", a aristocracia do mundo *blatar*, os que têm um pouco mais de instrução.

Todos os jogos de cartas dos *blatares* distinguem-se pela excepcional quantidade de regras. É preciso recordar com precisão todas as regras; vence aquele que as recorda melhor.

O jogo de cartas é sempre um duelo. Os *blatares* não jogam em equipe; separados pela tradicional "almofada", jogam sempre um contra um.

Derrotado um, senta-se outro diante do vencedor, e, enquanto houver o que apostar, a batalha nas cartas continua.

---

[37] Na verdade, Chtoss é protagonista de um conto de Mikhail Liérmontov (1814-1841). (N. do T.)

[38] Personagens do conto "A dama de espadas" (1833), de Púchkin, ambos são ávidos jogadores. (N. do T.)

De acordo com as regras, regras não escritas, o derrotado não tem o direito de abandonar o jogo enquanto tiver o que casar — seja um par de calças, um suéter ou um casaco. Normalmente define-se de comum acordo o valor das coisas "apostáveis" — e a coisa é casada, como numa aposta em dinheiro. É preciso ter em mente todos os cálculos e saber se defender — não permitir que peguem mais que o devido, nem se deixar trapacear durante a partida.

A trapaça no jogo é um distintivo de bravura. O adversário deve perceber e desmascarar a trapaça, garantindo assim a rodada.

Todo *blatar* é trapaceiro — não podia ser diferente —, o adversário que aprenda a perceber, flagrar, provar... Assim, sentam-se para jogar e, ao mesmo tempo em que procuram empregar seus métodos de trapaça, controlam-se mutuamente.

Quando se dá num lugar seguro, a batalha com as cartas é um fluxo ininterrupto de insultos e xingamentos obscenos; o jogo acontece sob injúrias recíprocas. Dizem os velhos *blatares* que nos dias de sua juventude, nos anos 1920, os bandidos não se xingavam com tanta indecência e obscenidade como fazem agora à mesa de jogos. Os velhos "chefes" meneiam a cabeça grisalha e sussurram: "Que tempos! Que costumes!". A conduta dos *blatares* degrada-se ano após ano.

Nas prisões e no *lager* fabricam baralhos com uma rapidez fabulosa — a experiência de muitas gerações de bandidos propiciou o desenvolvimento de um mecanismo de confecção de cartas; adota-se o modo mais simples e racional nessa fabricação de cartas na cadeia. Precisa-se de grude — ou seja, o pão dado como ração, que está sempre ao alcance e que se pode mastigar, transformando-o rapidamente numa cola consistente. Precisa-se de papel — para isso servem os jornais velhos, papéis de embrulho, livros e brochuras. Tam-

Sangue vigarista

bém se precisa de faca — mas em que cela de cadeia ou campo de trabalhos forçados não se encontraria uma faca?

E o mais importante — o lápis-tinta, para colorir as cartas. Eis o motivo pelo qual os *blatares* guardam com tanto cuidado o grafite dos lápis-tinta, protegendo-os de toda e qualquer busca. Esse fragmento de lápis-tinta tem dupla utilidade. Encontrando-se numa situação crítica, as lascas podem ser metidas no olho — e isso obrigaria o enfermeiro ou o médico a enviar o doente ao hospital. O hospital às vezes é a única saída quando um *blatar* se encontra em uma situação difícil. Caso o atendimento atrase, dá-se uma desgraça. Muitos *blatares* ficaram cegos por causa dessa ousada operação. Mas muitos outros escaparam do perigo, resguardando-se no hospital. Esse é o papel sobressalente do lápis-tinta.

Os jovens "chefinhos" imaginam que os lápis serão utilizados na confecção de carimbos, selos e documentos. Esse emprego é extremamente raro; além disso, para falsificar documentos seriam necessárias outras coisas além de lápis-tinta.

O principal motivo pelo qual adquirem e guardam os lápis-tinta, muito mais apreciados que os lápis comuns, é mesmo seu emprego no fabrico das cartas, em sua coloração.

Inicialmente prepara-se o molde, a *trafaretka*. Essa não é uma palavra específica do mundo *blatar*, mas é bastante corrente na linguagem carcerária. Na preparação da *trafaretka*, recorta-se o desenho dos naipes — as cartas da bandidagem nunca apresentam as cores vermelha e preta, o *rouge* e o *noir*. Todos os naipes apresentam a mesma cor. O valete deve ter um desenho duplo, pois, como está internacionalmente convencionado, esta carta vale dois pontos. Na dama — três desenhos reunidos. No rei — quatro desenhos. No ás figuram alguns desenhos reunidos no centro da carta. As cartas sete, oito, nove e dez são desenhadas de acordo com sua configuração normal, a mesma das cartas colocadas à venda pelo monopólio do Estado.

Esfregando-o num pedaço de pano, peneira-se o pão mastigado e, com o excelente grude que resulta, colam-se aos pares as finas folhas de papel; depois de secar são recortadas com uma faca afiada na quantidade de cartas necessária. O lápis-tinta é umidificado com um paninho molhado — e está pronta a máquina de impressão. Põe-se a *trafaretka* sobre a carta, besunta-se com tinta violeta e, retirando o molde, resta impresso no rosto da carta o desenho pretendido.

Se o papel for espesso, como nas edições Academia,[39] parte-se diretamente para o recorte e a "impressão".

A fabricação de um baralho (contando com a secagem) leva duas horas.

Este é o método mais racional para a fabricação de cartas, um método ditado por uma experiência de séculos. A receita se adapta a qualquer circunstância e é acessível a todos.

Durante as buscas ou na inspeção dos pacotes enviados de casa, os guardas são diligentes ao confiscarem os lápis-tinta. Há um controle rigoroso em relação a esse assunto.

Conta-se que os bandidos apostam moças "livres", as que são assalariadas — algo semelhante se passa em *Os aristocratas*, de Pogódin. Penso que é mais uma das "lendas criadas". Nunca tive ocasião de ver cenas como as de *A tesoureira*, de Liérmontov.[40]

Contam ainda que são capazes de apostar e perder até um sobretudo que, naquele momento, um *fráier* estiver usando. Também não me deparei com situações desse tipo, ainda que pareçam inteiramente verossímeis. De todo modo, penso que, nesse caso, deve ter perdido alguém que jogou "na

[39] Editora que existiu entre 1922 e 1937, ligada à Universidade Estatal de São Petersburgo e voltada à publicação de clássicos. (N. do T.)

[40] Poema de Liérmontov de 1838, no qual o marido (o tesoureiro) perde a esposa num jogo de cartas. (N. do T.)

Sangue vigarista

fé" e então precisou tomar, roubar um sobretudo ou outra coisa de igual valor dentro de um prazo determinado.

Nas partidas há aquele momento em que, ao final do segundo ou terceiro dia de jogo, a sorte estaciona de um dos lados. Quando tudo já foi perdido, o jogo se encerra. Às costas daquele que venceu ergue-se uma montanha de suéteres, calças, cachecóis, travesseiros. Enquanto o derrotado implora: "Dê-me uma chance de recuperar a perda, dê-me mais uma carta, deixe-me jogar a crédito, amanhã eu caso a aposta". Se o coração do vencedor for magnânimo, ele concorda e o jogo continua, com seu adversário apostando "na fé". A sorte pode até mudar de lado e o derrotado vencer, recuperando suas roupas, uma a uma, e mesmo tornar-se o grande vencedor... Mas também pode perder ainda mais.

"Na fé" joga-se apenas uma vez, sem alteração no valor da aposta ou adiamento do prazo de pagamento.

Caso o dinheiro ou a peça de roupa não sejam apresentados no prazo, o vencido é declarado inadimplente e não lhe restará outra saída — além do suicídio, da fuga da cela, do *lager*, ou a fuga para o diabo que o carregue — que não seja quitar sua dívida de jogo, uma dívida de honra!

Num instante surgem sobretudos ainda quentes do calor do corpo de algum *fráier*. O que fazer?! A honra, ou melhor, a vida de um bandido vale muito mais que o paletó de um *fráier*.

Já falamos sobre que tipo de exigências são constantemente feitas pelos *blatares*. São exigências muito peculiares, algo muito distante de qualquer coisa humana.

Existe ainda um outro ponto de vista sobre a conduta dos *blatares*. Dizem que são pessoas psicologicamente doentes e que por isso seriam irresponsáveis. Não há dúvida — são quase sempre histéricos e neurastênicos. O famigerado "gênio" dos *blatares*, a facilidade com que perdem o controle denunciam a precariedade de seu sistema nervoso. É muito raro encontrar *blatares* de temperamento sanguíneo ou fleumático, apesar de existirem. O famoso batedor de carteiras Karlov, alcunhado de "O empreiteiro" (o jornal *Pravda* escreveu sobre ele nos anos 1930, por ocasião de sua captura na estação Kazánskaia), era gordo, barrigudo, de bochechas rosadas, alegre e jovial. Mas ele representa uma exceção.

Há médicos-cientistas que tratam todo homicídio como resultado de uma psicose.

Se os *blatares* são doentes mentais, então é preciso mantê-los para sempre no manicômio.

Quanto a nós, pensamos que o submundo do crime é um mundo particular — um mundo de homens que deixaram de ser humanos.

Esse mundo sempre existiu e existe também agora; com seu alento, ele corrompe e envenena nossa juventude.

Toda a psicologia da bandidagem está fundada naquela antiga percepção, advinda dos séculos de observação dos *blatares*, de que suas vítimas jamais fariam, nem mesmo poderiam pensar em fazer, o que eles fazem de coração leve e com prazer, todo dia e toda hora. É nisso que está sua força — na impudência sem limites, na ausência de qualquer moral. Para os *blatares* não há nada que possa ser "demais". Ainda que, de acordo com sua própria "lei", um bandido não deva tomar como honra e glória o fato de delatar um *fráier*, isso de modo algum o impedirá, caso haja qualquer vantagem, de descrever às autoridades o perfil político de qualquer um deles. É conhecido o fato de que, entre os anos de 1938 e 1953, as autoridades dos campos de trabalho receberam milhares de visitas — sem qualquer exagero — de bandidos que declaravam, como amigos sinceros do povo, ter o dever de delatar "fascistas" e "contrarrevolucionários". Essa campanha teve caráter massivo nos campos, pois os "Ivan Ivánovitch" — os presidiários oriundos da *intelligentsia* — sempre fo-

Sangue vigarista

ram objeto de um ódio particular e persistente por parte dos bandidos.

Outrora a parte mais qualificada do mundo do crime era composta por batedores de carteira. Esses mestres do furto "ligeiro" passavam por uma espécie de treino, dominavam a técnica de seu ofício e orgulhavam-se de ser especialistas numa arte específica. Do começo ao fim das "turnês" — longas viagens que empreendiam — transmitiam fielmente suas habilidades, sem deixar passar nenhum golpe ou truque de gatunagem. A pena branda e o despojo cômodo — apenas dinheiro — são as duas principais razões pelas quais tantos bandidos são atraídos para o roubo de carteiras. A capacidade de comportar-se em qualquer ambiente, de modo a não chamar a atenção para si, era também uma das qualidades importantes dos mestres do assalto ao bolso.

Infelizmente a política monetária reduziu os "ganhos" dos carteiristas a uma quantia mísera, levando-se em consideração o risco e a responsabilidade que a atividade envolve. Tornou-se mais "atraente e lucrativo" o furto vulgar de qualquer roupa pendurada num varal — o que tinha mais valor que qualquer nota surrupiada num ônibus ou bonde. Num bolso nunca se encontraria mil rublos, já um casaco ou outra peça de roupa teria sempre mais valor que a maioria das notas de dinheiro.

Os batedores de carteira mudaram de especialidade, incorporando-se às fileiras dos arrombadores de casas.

E "sangue vigarista", todavia, não é sinônimo de "sangue azul". Um *fráier* também pode ter uma gota de sangue vigarista, quando partilha de algumas convicções *blatares*, colabora com "os homens", vê com simpatia a "lei" da bandidagem.

Até um juiz de instrução que compreenda a alma do mundo *blatar* e que alimente secreta simpatia por ele pode ter uma gota de sangue vigarista. Bem como uma autoridade do *lager* (caso não raro), que, mesmo sem receber propinas ou sofrer ameaças, concede indulgências importantes aos bandidos. Todas as "cadelas" têm uma gota de sangue vigarista — não por acaso faziam parte daquele mundo. Assim, alguém que tenha uma gota de sangue vigarista pode prestar auxílio a um bandido, e este deverá lembrar-se do favor prestado. Todos os "retirados", aqueles que deixaram o mundo do crime, pararam de roubar e voltaram ao trabalho honesto, ainda conservam um pouco daquele sangue. Os "retirados" não são "cadelas", não inspiram nenhum sentimento de ódio. Num momento difícil, até podem prestar alguma ajuda — caso se manifeste seu sangue vigarista.

Certamente possuem sangue vigarista todos os olheiros, receptadores e proprietários de antros do submundo.

Todo *fráier* que, de um modo ou de outro, tenha ajudado a um bandido, tem nas veias, como dizem os *blatares*, aquela "gota de sangue vigarista".

Este é o elogio infame e condescendente que a bandidagem dispensa a todos os que manifestam simpatia pela "lei" do submundo, a todos os que sofrem seus golpes e com os quais acertam as contas por meio dessa lisonja barata.

(1959)

A MULHER NO MUNDO DO CRIME

Aglaia Demídova foi levada ao hospital com documentos falsos. Não é que tenham alterado sua ficha pessoal, seu documento de identificação prisional. Não, quanto a isso estava tudo em ordem — o documento, no entanto, apresentava uma nova capa, de cor amarela, indicando que a pena de Aglaia havia sido recentemente estendida. Ela chegou ao hospital com o mesmo nome que portava dois anos antes. Nenhum de seus "dados básicos" sofrera alteração, à exceção do período de reclusão — alterado para vinte e cinco anos; dois anos antes, a capa de seu documento era de cor azul e o período, de dez anos.

A alguns números de dois algarismos, gravados com tinta na coluna "artigos", acrescentou-se outro número, de três algarismos. Mas tudo isso era absolutamente autêntico e fidedigno. Seus documentos médicos é que estavam falsificados — a cópia do prontuário, o prognóstico, os exames laboratoriais. Falsificados por pessoas que ocupavam cargos oficiais e que, portanto, dispunham de selos, carimbos e certo nome — honrado ou não, pouco importava. O chefe do serviço de saúde da mina gastava horas para montar um prontuário fictício, para redigir com verdadeira inspiração artística um documento médico falso.

O diagnóstico de tuberculose pulmonar foi uma espécie de consequência lógica dessas engenhosas anotações diárias. Uma pilha de gráficos de temperatura com diagramas apresentando a típica curva da tuberculose era acompanhada por formulários repletos de resultados de exames com indicativos ameaçadores. Para um médico, um trabalho como esse é semelhante a um exame escrito, onde se requer a descrição de todo o processo da tuberculose no organismo — da infecção até o ponto em que a única solução para o doente é a internação imediata.

Um trabalho desse tipo pode ser feito por simples espírito esportivo — para mostrar ao hospital central que nem todos os que trabalham nas minas são idiotas. É preciso apenas recordar tudo na ordem, da mesma forma que na faculdade, quando se estudava. Evidentemente, ninguém poderia imaginar que um dia iria aplicar os conhecimentos de maneira tão singular, "artisticamente".

O mais importante era internar Demídova no hospital a qualquer custo. E o hospital não poderia, nem teria o direito de recusar um doente naquele estado, ainda que aos médicos acorressem mil suspeitas.

As suspeitas surgiram logo, e, enquanto a questão da admissão de Demídova se resolvia nas "esferas superiores" locais, ela mesma ficara sentada sozinha na enorme sala de triagem do hospital. "Sozinha" mesmo, aliás, ficou somente no sentido chestertoniano da palavra. Os enfermeiros e auxiliares, evidentemente, não contavam. Bem como os dois guardas que faziam a escolta de Demídova e que dela não se afastavam um passo sequer. Um terceiro guarda vagava com os papéis por algum corredor daquele labirinto formado pelas salas administrativas do hospital.

Demídova não chegou a tirar o gorro, somente desabotoou a gola do casaco curto de pelica. Fumava sem pressa um cigarro após o outro, jogando as guimbas numa escarradeira de madeira com serragem.

Agitada, caminhava pela recepção, indo da porta até a janela gradeada, acompanhada pelos guardas da escolta, que se apressavam em seguir seus movimentos.

A mulher no mundo do crime

Quando retornou o médico de plantão acompanhado do terceiro guarda da escolta, já havia escurecido — rapidamente, como acontece no Norte —, então foi preciso acender a lâmpada.

— Não vão me aceitar? — perguntou Demídova ao guarda.

— Não, não vão — respondeu com ar sorumbático.

— Eu sabia que não iriam aceitar. É tudo culpa de Krochka. Ele espancou o doutorzinho, e agora vingam-se de mim.

— Ninguém está se vingando de você — disse o médico.

— Eu é que sei.

Demídova saiu seguida pelos guardas, ouviu-se a batida da porta de entrada e o ronco do motor de um caminhão.

Nesse mesmo instante abre-se silenciosamente uma porta interna e entra na sala o diretor do hospital acompanhado por todo um séquito de oficiais da guarda especializada.

— Onde está ela? Aquela Demídova?

— Já foi levada, senhor diretor.

— É uma pena, pois, que não a tenha visto. E o senhor, Piotr Ivánovitch, sempre com suas anedotas... — E saiu com seu séquito da sala de recepção.

O diretor queria ter dado ao menos uma olhada na famosa ladra Demídova — e, de fato, sua história não era das mais comuns.

Há seis meses, a ladra Aglaia Demídova, condenada a dez anos pelo assassinato de uma supervisora (estrangulara com uma toalha uma supervisora bastante ativa), estava sendo transportada do tribunal para uma lavra. Havia somente um guarda fazendo a escolta, porquanto não era necessário pernoitar — do vilarejo da direção, onde Demídova fora julgada, até a mina onde iria trabalhar, eram apenas algumas horas de viagem de automóvel. No Extremo Norte, espaço e tempo são grandezas afins. Frequentemente se mede o espaço com o tempo: de uma montanha a outra, são seis dias de marcha — assim fazem os nômades iacutos. Todos os que vivem perto da via principal, a estrada de rodagem, mensuram a distância em termos de trajetos automobilísticos.

O guarda que escoltava Demídova era um daqueles jovens "veteranos", há muito acostumados à liberdade e às peculiaridades do trabalho na escolta, em que o guarda era pleno senhor do destino do escoltado. Não era a primeira vez que acompanhava uma mulher — e certos divertimentos, do tipo que uma viagem como essa prometia, não eram tão frequentes na vida de um simples fuzileiro do Extremo Norte.

Almoçaram os três — o guarda, o condutor e Demídova — numa cantina à beira da estrada. Para despertar o ânimo, o guarda bebeu álcool (no Norte, somente a alta direção bebe vodca), depois conduziu Demídova até uma moita. Salgueiros e choupos, ou álamos, eram abundantes em torno de qualquer ponto habitado da taiga.

Atrás da moita o guarda deitou o fuzil ao chão e acercou-se de Demídova. Esta agarrou a arma num pulo e com dois disparos meteu nove balas no corpo do voluptuoso guarda de escolta. Depois de jogar a arma no meio dos arbustos, ela voltou à cantina e foi-se com um dos carros que por ali passavam. O condutor deu o alarme e tanto o corpo do guarda quanto sua arma foram rapidamente encontrados; quanto a Demídova, depois de dois dias, foi detida a algumas centenas de quilômetros do lugar onde se dera seu "romance" com o soldado. Em novo julgamento, Demídova fora condenada a vinte e cinco anos de detenção. Mas trabalhar ela não queria, em vez disso, roubava seus vizinhos do barracão, então os diretores das minas decidiram se desfazer da *blatarka*[41] a qualquer custo. Havia esperança de que ela não voltasse do

---

[41] Feminino de *blatar*. (N. do T.)

hospital para aquelas lavras, que a mandassem para algum outro lugar.

Demídova era especializada em roubo de lojas e apartamentos, uma *gorodúchnitsa*, segundo a terminologia da bandidagem.

O mundo do crime conhece duas categorias de mulher — as ladras propriamente ditas, cuja profissão é roubar, tal como os bandidos homens; e as prostitutas, que fazem companhia aos *blatares*.

O primeiro grupo é consideravelmente menor que o segundo e no círculo dos *urkatches*[42] — para os quais a mulher é um ser inferior — goza de certa deferência, visto que é forçoso reconhecer o valor de seus serviços e habilidades práticas. A ladra, normalmente companheira de um ladrão (as palavras "ladrão" e "ladra" são constantemente empregadas no sentido de pertencimento à ordem subterrânea dos *urkatches*), não raro tem participação na elaboração e na própria execução dos planos de furto. Mas nos "tribunais de honra" não tomam parte. São regras ditadas pela própria vida nos lugares de detenção, onde o fato de homens e mulheres ficarem separados contribuiu para certa diferenciação nos hábitos, nos costumes e normas de cada sexo. As mulheres são sempre mais brandas, seus "tribunais" não costumam ser tão sanguinários, as sentenças não são tão cruéis. Os assassinatos cometidos por elas são bem mais raros que os do lado masculino da casa *blatar*.

Desconsidera-se em absoluto a possibilidade de uma ladra viver com um *fráier*.

O segundo e maior grupo de mulheres ligado ao mundo do crime é composto por prostitutas. Estas são amigas conhecidas dos bandidos e arranjam-lhes meios de viver.

---

[42] Termo equivalente a *urka*, *urkagán*, isto é, bandido "profissional". (N. do T.)

Quando é preciso, elas próprias participam dos assaltos, empunham a arma, fazem a vigília, ocultam o roubo, fazem o repasse, mas, ainda assim, não representam membros plenipotenciários do mundo do crime. Nas farras sua presença é obrigatória, mas dos "tribunais de honra" não podem sequer sonhar em participar.

O desprezo pelas mulheres é ensinado desde os primeiros anos aos herdeiros dos *urkas*. Alternam-se aulas teóricas e práticas com exemplos concretos dos mais velhos. A mulher — um ser inferior — foi criada somente para saciar as bestiais paixões dos bandidos e, por ocasião de suas farras, ser alvo de grosserias e objeto de espancamento em público. Um objeto vivo de que o *blatar* temporariamente se serve.

Mandar a amiga-prostituta à cama do chefe, se com isso puder obter algum proveito, é uma atitude costumeira, aprovada por todos. Ela própria partilha desse entendimento das coisas. As conversas sobre esse assunto são extremamente cínicas, de concisão e expressividade sem igual. Tempo é dinheiro.

A moral da bandidagem reduz a nada o ciúme, o "lirismo". Segundo um costume antigo e consagrado, a prioridade na escolha da mulher temporária — a melhor prostituta — pertence ao ladrão-cabeça, aquele que tem mais autoridade num dado grupo de bandidos.

E se ontem, antes do aparecimento desse novo cabeça, a prostituta dormia com outro ladrão, de quem era considerada uma propriedade, e que tinha o direito de oferecê-la aos companheiros, com o surgimento de outro cabeça dá-se a transferência de todos esses direitos ao novo patrão. Se amanhã ou depois este for detido, ela volta a pertencer ao seu antigo companheiro. E se aquele já estiver detido quando isso ocorrer, então apontam a ela quem será seu novo proprietário — senhor de sua vida e morte, de seu destino, seu dinheiro, sua conduta e seu corpo.

Como é que poderia haver aí um sentimento como o ciúme? Simplesmente, não há lugar para ele na ética *blatar*.

O bandido é um homem, dizem; portanto, nada do que é humano pode lhe ser estranho. É possível que até lamente ter de ceder sua companheira, mas lei é lei, e os guardiões da pureza "ideológica", os guardiões da pureza moral *blatar* (sem nenhum tipo de aspas) apontariam sem demora a falha do bandido enciumado. E ele teria de se submeter à "lei".

Há casos em que o temperamento selvagem e a propensão à histeria, características de quase todo bandido, forçam-no a defender "sua mulher". Tornando-se a questão de competência dos "tribunais de honra", os "procuradores" *blatares* exigem a punição do culpado, apelando à milenar autoridade instituída.

Normalmente o assunto não evolui para o litígio, e a prostituta resignadamente passa a dormir com seu novo dono.

No mundo do crime não se partilha a mulher, nenhum amor "a três" é possível.

Nos campos de trabalho os homens ficam separados das mulheres. No entanto, nos locais de detenção há hospitais, centros de triagem, ambulatórios e clubes, lugares onde homens e mulheres podem se encontrar e conversar.

A inventividade dos detentos e a energia que empregam na consecução dos objetivos que impõem a si próprios são capazes de impressionar. É surpreendente a quantidade colossal de energia que se gasta na prisão com o fim de arranjar um pedaço de lata amassado para fazer uma faca — instrumento de homicídio ou suicídio. A atenção de um carcereiro é sempre menor que a de um detento — isso conhecemos por Stendhal, que, em *A cartuxa de Parma*, diz: "Pensa menos o carcereiro em suas chaves que o detento na fuga".

No *lager*, é imensa a energia que o *blatar* emprega para encontrar-se com uma prostituta.

O importante é achar um lugar para onde ela deve se dirigir — quanto ao fato de que virá, o *blatar* nunca tem dúvidas. A mão do castigo cairia sobre a culpada. E eis que ela se traveste de homem e, fugindo ao planejado, deita-se com o carcereiro ou o supervisor para poder se esgueirar na hora marcada para lá, onde a espera um amante que lhe é inteiramente desconhecido. O amor rapidamente chega ao fim, como a floração da relva no verão do Extremo Norte. A prostituta retorna à zona feminina, cai nas garras do carcereiro, que a manda para a solitária, é condenada a um mês de isolamento, depois mandada a uma lavra onde se aplicam castigos — tudo isso ela suporta com resignação e até com altivez, afinal, seu dever de prostituta foi cumprido.

No Norte, em um grande hospital para detentos, aconteceu de arriscarem levar uma prostituta para passar a noite com um eminente *blatar* adoecido — internado na seção de cirurgia — e lá, numa maca do hospital, ela deitou-se com todos os oito bandidos que se encontravam na enfermaria aquela noite, um após outro. O auxiliar de enfermaria — um detento — ameaçaram com uma faca; ao enfermeiro-chefe — um contratado — presentearam algumas roupas tomadas de alguém no *lager*; ao reconhecer suas roupas o proprietário fez uma reclamação formal, mas empregaram muitos esforços para que se ocultasse esse caso.

A jovem não fora acometida por nenhum embaraço ou transtorno quando a descobriram pela manhã numa enfermaria da ala masculina do hospital.

— Os rapazes me pediram que lhes desse uma mão, então vim ajudá-los — explicou tranquilamente.

Não é difícil supor que os *blatares* e suas amigas fossem quase todos sifilíticos; e a respeito da gonorreia crônica, ainda que vivamos no século da penicilina, nem mesmo é necessário falar.

É de todos conhecida a clássica expressão "a sífilis não

é vergonha, é infortúnio". Para os detentos a sífilis não só não é uma vergonha, como é até uma sorte — este é mais um exemplo da famigerada "inversão na escala de valores".

Antes de tudo, o tratamento forçado é obrigatório no caso de doenças venéreas, e todo *blatar* o sabe. Sabe que ainda poderá "escapar" do serviço e que não o meterão num buraco qualquer com sua sífilis; em vez disso, irá viver e tratar-se em algum povoado comparativamente melhor, onde há médicos especialistas, os venereologistas. Tudo isso é deduzido e calculado de tal modo que mesmo aqueles bandidos livrados por Deus das três ou quatro cruzes na reação de Wassermann declaram-se sifilíticos. E a alta imprecisão do resultado negativo dessa reação é, da mesma forma, muito bem conhecida dos *blatares*. São comuns úlceras falsas e queixas infundadas juntamente com úlceras reais e queixas sérias.

Os enfermos com doenças venéreas, quando submetidos a tratamento, são reunidos em zonas apartadas. Antes não se trabalhava nessas áreas, que assim eram o mais conveniente refúgio "Mon repos"[43] para os *blatares*. Posteriormente, tais zonas passaram a ser instaladas em lavras especiais ou canteiros de serviço florestal, onde, à exceção do Salvarsan[44] e da ração, os detidos deviam trabalhar de acordo com as normas habituais.

Mas de fato nunca houve nessas zonas uma real exigência de trabalho, sendo a vida por lá muito mais fácil que nas minas comuns.

Das "zonas venéreas" masculinas chegavam constantemente ao hospital jovens vítimas dos *blatares* — rapazes que

---

[43] Em francês no original. Literalmente, "meu repouso". (N. do T.)

[44] Marca sob a qual passou a ser comercializada, em 1910, a arsfenamina, o primeiro medicamento a revelar eficácia contra a sífilis. (N. do T.)

contraíram sífilis pelo orifício anal. Quase todos os *blatares* são pederastas — na falta de mulheres corrompem e contagiam homens, frequentemente ameaçando-os com uma faca ou, mais raramente, pagando-lhes com "trapos" (roupas) ou pão.

Ao falar sobre a mulher no mundo do crime é impossível deixar de lado todo o exército de "Zoikas", "Mankas", "Dachkas" e outras criaturas do sexo masculino rebatizadas com nomes de mulher. Impressionava o fato de atenderem por seus nomes femininos da forma mais corriqueira, sem ver nisso nada de vergonhoso ou ultrajante.

Para um ladrão, viver às custas de uma prostituta não é considerado desonra. Ao contrário, a prostituta deve ter em alta estima o contato pessoal com o ladrão.

Aliás, a atividade de cafetão é um dos mais "sedutores" aspectos da profissão de ladrão e agrada sobremaneira à juventude do submundo.

> *Logo trazem a sentença,*
> *Ao Primeiro de Maio nos levam,*
> *Moças da turma, em presença,*
> *Provisões nos entregam —*

assim está dito na canção de cadeia "Moças da turma".[45] Trata-se das prostitutas.

Mas há casos em que um sentimento que faz as vezes de amor — como o orgulho, ou a autopiedade — empurra a mulher do mundo do crime para condutas "ilegais".

Certamente se exige bem mais de uma ladra que de uma prostituta. A ladra que vive com um carcereiro, segun-

---

[45] No original, as moças são *chtatnie*, isto é, efetivas, titulares. (N. do T.)

do os exegetas *blatares*, comete traição. Com base nessa falha podem espancá-la, ou ainda degolá-la, como se faz a uma "cadela".

A uma prostituta que tivesse tal conduta não imputariam nenhuma culpa.

Nesses conflitos da mulher com a lei do submundo, a questão nem sempre é resolvida de um mesmo modo, tudo depende das qualidades pessoais da interessada.

Tamara Tsulukidze, uma bela ladra de vinte anos, ex-companheira de um importante bandido de Tbilíssi, juntou-se a Gratchiov — um belo solteirão, galhardo tenente de uns trinta anos de idade que dirigia o setor educativo-cultural do *lager*.

Gratchiov tinha ainda outra amante, a polaca Lieschevskaia — uma das ilustres "artistas" do teatro do *lager*. Quando ele passou a encontrar-se com Tamara, esta não exigiu que abandonasse a polaca. E Lieschevskaia nada tinha contra Tamara. O galhardo Gratchiov vivia com duas "esposas", como no costume muçulmano. Sendo um homem experiente, esforçava-se por dividir sua atenção igualmente entre as duas, no que se saía bem. Dividia não apenas o amor, mas também suas manifestações materiais — Gratchiov preparava sempre dois exemplares de cada presentinho comestível. Em relação ao batom, às fitas e aos perfumes, ele agia da mesma maneira — tanto Lieschevskaia quanto Tsulukidze ganhavam, no mesmo dia, fitas idênticas, os mesmos frascos de perfume e lencinhos inteiramente iguais.

Isso parecia muito tocante. Ademais, Gratchiov era um rapaz vistoso, de aspecto bem-cuidado. E tanto Lieschevskaia quanto Tsulukidze (elas viviam no mesmo barracão) enlevavam-se com a galhardia de seu amante partilhado. No entanto, não se tornaram amigas, e quando Tamara foi subitamente convocada para tomar conta dos bandidos do hospital, Lieschevskaia alegrou-se secretamente de sua desgraça.

Certa vez Tamara adoeceu e ficou na enfermaria feminina do hospital. Durante a noite abriram-se as portas da enfermaria e, fazendo barulho com as muletas, atravessou a soleira um mensageiro dos *urkatches*. O mundo *blatar* estendeu seu longo braço a Tamara.

O mensageiro recordou-lhe o direito *blatar* de possuir mulheres e a convidou a apresentar-se na seção cirúrgica para cumprir a "vontade daquele que o enviara".

Segundo as palavras do mensageiro, ali estiveram pessoas conhecidas daquele *blatar* de Tbilíssi, do qual Tamara Tsulukidze fora companheira. Agora, em seu lugar, estava Senka Gundosi. E Tamara deveria sem demora encaminhar-se para os braços dele.

Tamara agarrou uma faca de cozinha e lançou-se ao claudicante *blatar*. Os auxiliares de enfermagem arrancaram-no dali, salvando-o por pouco. O mensageiro retirou-se, ameaçando, cobrindo Tamara de xingamentos. Na manhã do dia seguinte ela se deu alta do hospital.

A fim de trazer de volta a filha pródiga, muitas tentativas foram feitas sob a insígnia *blatar*, mas todas malogradas. Golpearam-na com um cutelo, mas não lhe deixaram nenhum ferimento grave. Cumprindo o prazo de sua pena, ela casou-se com um carcereiro — um homem com revólver; e, assim, o mundo do crime não pôde reavê-la.

Nástia Arkharova, uma datilógrafa de olhos azuis oriunda de Kurgan, embora não fosse ladra nem prostituta, a despeito de sua vontade, teve seu destino ligado para sempre ao mundo da bandidagem.

Desde os primeiros anos de juventude, Nástia sempre fora cercada de uma estranha consideração, uma sinistra deferência da parte de certos tipos, a respeito dos quais lia nos romances policiais. Essa consideração, de que ela já se dera conta quando em liberdade, também existia na prisão e no *lager* — e em qualquer lugar onde houvesse *blatares*.

Não havia nisso nenhum mistério: o irmão mais velho de Nástia era um importante *skokar*[46] da região dos Urais, e desde a tenra idade ela se banhava na irradiação de sua glória criminal, de sua afortunada sorte de ladrão. Antes que se apercebesse, Nástia já estava metida nos círculos *blatares*, nos seus interesses e atividades, e nunca recusava ajuda quando se tratava de esconder um furto. Os primeiros três meses de sua pena fortaleceram-na e inflamaram-na, ligando-a definitivamente ao mundo do crime. Enquanto esteve em sua cidade, os bandidos, temendo a fúria do irmão, não chegaram a usá-la como propriedade *blatar*. Por sua posição "social", era mais próxima às ladras, mas não era prostituta — na qualidade de ladra, porém, fora enviada nas costumeiras viagens de longas distâncias por conta do governo. Ali, onde já não havia mais a fama do irmão, logo na primeira cidade em que foi parar depois da primeira soltura, um chefe-*blatar* local a fez sua mulher e ao mesmo tempo a infectou com gonorreia. Logo depois o prenderam; e na despedida ele cantou para Nástia a canção dos ladrões: "Irá se apossar de ti um parceiro meu". Mas com o "parceiro" ela também não ficou por muito tempo — puseram-no também na cadeia, e então um terceiro proprietário fez valer seus direitos de posse sobre Nástia. Este último repugnava-lhe fisicamente — tinha um aspecto constantemente baboso e era coberto de impingens. Ela tentou se safar dele usando o nome do irmão — foi-lhe ressaltado que nem mesmo o irmão teria direito a violar a magna lei do mundo do crime. Ameaçaram-na com uma faca, e então ela parou de opor resistência.

No hospital Nástia atendia docilmente às "convocações" amorosas, frequentemente ficava na solitária e chora-

---

[46] Ladrão engenhoso e audacioso, que age sem precisar de instrumentos. De *skok*, "pulo", "bote", "salto", o movimento ligeiro e repentino de modo geral. (N. do T.)

va muito — talvez as lágrimas lhe viessem fácil, ou talvez se apavorasse sobremaneira com sua sorte, a sorte de uma moça de vinte anos.

Vostokov, um médico de certa idade, compadecido pela sorte de Nástia — semelhante, aliás, à de milhares de outras —, prometeu lhe arranjar emprego de datilógrafa num escritório, contanto que mudasse de vida. "Não depende de minha vontade — escreveu Nástia em resposta ao médico, com uma bela caligrafia. — Não tenho salvação. Agora, se quiser fazer algo de bom por mim, compre-me um par de meias-calças de nylon do menor tamanho. Pronta a servir-lhe no que for preciso, Nástia Arkharova."

A ladra Sima Sosnovskaia era tatuada dos pés à cabeça. Surpreendentes cenas do mais bizarro conteúdo sexual emaranhavam-se em linhas complicadas, cobrindo todo o seu corpo. Somente o rosto, o pescoço e os antebraços ficaram livres dos desenhos. Sima era famosa no hospital pela ousadia de seus furtos — havia tirado o relógio de ouro do pulso de um guarda da escolta que decidira se aproveitar da benevolência da graciosa escoltada. Sima era de natureza muito mais pacífica que Aglaia Demídova, caso contrário, o guarda teria ficado no mato até o Juízo Final. Para Sima aquilo era uma divertida aventura, além disso, não considerava que um relógio de ouro fosse um preço muito alto por seu "amor". O guarda por pouco não enlouquecera, exigira até o último instante que lhe devolvesse o relógio e por duas vezes revistara Sima, mas sem qualquer resultado. O hospital não ficava longe, o comboio era bastante numeroso — o guarda não ousou armar um escândalo. O relógio permaneceu com Sima. Dentro em pouco o relógio foi consumido em bebidas e dele não restou vestígio.

No código moral dos *blatares*, assim como no Corão, declara-se o desprezo à mulher. A mulher é um ser desprezível, inferior, merecedor de espancamento e indigno de piedade. E isso refere-se, em igual medida, a todas as mulheres — qualquer representante do sexo feminino de fora do mundo do crime é igualmente desprezado pelos *blatares*. O estupro coletivo não é coisa tão rara nas minas do Extremo Norte. Os diretores fazem com que suas esposas viagem escoltadas; seja a pé ou em qualquer transporte, desacompanhadas não vão a parte alguma. Da mesma maneira protegem as filhas pequenas: a defloração de uma menor é o eterno sonho de qualquer *blatar*. Um sonho que nem sempre permanece apenas sonho.

Desde os primeiros anos o *blatar* é ensinado a desprezar as mulheres. Em sua namorada-prostituta bate com tanta frequência que ela, dizem, não experimenta o amor em toda a plenitude se por algum motivo não receber sua cota de espancamento. A tendência sádica é incutida pela própria ética do mundo do crime.

Um *blatar* não deve nutrir nenhum sentimento de camaradagem ou amizade por uma mulher. Também não deve sentir piedade do que é o objeto de seus divertimentos subterrâneos. Nenhuma equidade pode haver em relação às mulheres, ainda que sejam daquele mesmo mundo — a questão feminina está fora dos portões da "zona" ética *blatar*.

Há, porém, uma única exceção a essa regra soturna. Há uma mulher, unicamente, que não apenas está protegida de atentados a sua honra, como chega a ser colocada bem alto num pedestal. Uma mulher que é poetizada pelo mundo do crime, tornada objeto da lírica *blatar*, a heroína do folclore criminal de muitas gerações.

Tal mulher é a mãe do bandido.

Na imaginação do *blatar* desenha-se um mundo cruel e hostil que o cerca por todos os lados. E nesse mundo povoado de inimigos há somente uma figura luminosa, digna de puro amor, respeito e adoração. Esta é a mãe.

O culto à mãe unido ao hostil desprezo pelas mulheres em geral — eis a fórmula ética da bandidagem para a questão feminina, expressa com o peculiar sentimentalismo da cadeia. Sobre o sentimentalismo da cadeia foram escritas muitas impertinências. Na realidade, trata-se do sentimentalismo de homicidas que regam um canteiro de rosas com o sangue de suas vítimas. O sentimentalismo de um homem que é capaz de fazer um curativo no ferimento de um pássaro e depois de uma hora despedaçá-lo vivo com as próprias mãos, pois o espetáculo da morte de um ser vivente é o melhor dos espetáculos para um *blatar*.

É preciso conhecer a verdadeira face desses promotores do culto à mãe, um culto envolto de névoa poética.

Com aqueles mesmos arrebatamento e teatralidade que impulsionam o *blatar* a "assinar" seu nome com uma faca no cadáver de um renegado assassinado, ou estuprar uma mulher em público, à luz do dia, ou deflorar uma menina de três anos de idade, ou infectar com a sífilis um homem do tipo "Zoika" — com a mesma expressividade, o *blatar* poetiza a imagem da mãe, divinizando-a, transformando-a em objeto da refinada lírica de cadeia — e a todos obriga a demonstrarem por ela, à distância, toda a consideração e respeito.

O afeto do bandido por sua mãe parece ser, à primeira vista, o único resquício de humanidade entre seus deturpados e monstruosos sentimentos. Como se o *blatar* fosse um filho sempre respeitoso, qualquer conversa grosseira a respeito da mãe de qualquer um, no mundo do crime, é sempre coibida. A mãe é uma espécie de ideal sublime e, ao mesmo tempo, algo absolutamente real — afinal, todos possuem. A mãe que tudo perdoa, que sempre se compadece.

> *Trabalhava mamãe para comprar o pão,*
> *Enquanto eu pequenos furtos já fazia.*

'Tal como o pai, tornar-te-ás ladrão' —
vertendo lágrimas me repetia.

É o que se canta em "O destino" — uma das canções clássicas da bandidagem.

Compreendendo que por toda a sua breve e tempestuosa vida, somente a mãe estará ao seu lado até o fim, o bandido a poupa, apesar de seu amoralismo.

Mas até esse sentimento, o único que se poderia chamar de nobre, é falso, como o é toda manifestação da alma *blatar*.

O enaltecimento da mãe é um mascaramento, sua glorificação é um meio de trapacear; somente na melhor das hipóteses pode-se ver nisso uma expressão mais ou menos vívida do sentimentalismo de cadeia.

E, com esse sentimento de enlevo aparente, o bandido mente do começo ao fim, como em tudo o que diz. Nenhum bandido jamais enviou um só copeque à mãe; nem mesmo ao seu modo jamais foram capazes de ajudar, em vez disso, farreavam e bebiam os milhares de rublos roubados.

Nesse sentimento para com a mãe não há nada além de fingimento e falsidade teatral.

O culto à mãe é uma espécie de cortina de fumaça que esconde o indecoroso mundo do crime.

Um culto à mãe que não se estende à esposa, nem às mulheres em geral, não passa de mentira e falsidade.

A atitude em relação às mulheres é o papel de tornassol de toda a ética.

Notemos que foi precisamente a coexistência do culto à mãe com o cínico desprezo às mulheres que fez de Iessiênin,[47]

---

[47] Serguei Iessiênin (1895-1925) foi um dos mais populares poetas russos do século XX e um dos principais exponentes, junto com Anatoli Marienhof (1897-1962), do "imaginismo", corrente poética de oposição

já há três décadas, um autor tão popular no mundo criminal. Mas sobre isso falaremos no devido momento.

Proíbe-se a ladra ou amiga do ladrão, e toda mulher que faça parte direta ou indiretamente do mundo do crime, de ter qualquer "romance" com *fráieres*. Nesses casos, no entanto, a adúltera não é assassinada, não recebe a "sentença máxima". A faca é uma arma nobre demais para ser usada com uma mulher — para ela basta um pedaço de pau ou um atiçador de brasas.

É completamente diferente quando se trata da relação de um ladrão com uma mulher livre. Neste caso, é uma demonstração de honra e bravura, e motivo de muitas histórias orgulhosas e da inveja secreta de quem as escuta. Casos assim não são raros. Mas em torno deles há tantos floreios que é muito difícil distinguir a verdade. A datilógrafa se transforma em procuradora, a secretária em diretora de empresa, a vendedora em ministra. As invencionices afastam a realidade para algum lugar do fundo do palco, para a escuridão, tornando impossível a compreensão do espetáculo.

Não há dúvida que boa parte dos *blatares* tem família em sua cidade natal, mas há muito elas foram abandonadas por esses esposos-bandidos. Suas esposas com os filhos pequenos enfrentam a vida como podem. Os maridos eventualmente retornam dos lugares de detenção para suas famílias, mas normalmente por pouco tempo. O "espírito errante" os atrai para novas peregrinações e o serviço criminal local acaba por acelerar sua partida. Nas famílias ficam os filhos, pa-

---

aos futuristas. De tendência romântica, o tema principal de sua obra é a exaltação da vida camponesa e a perplexidade do homem do campo diante do mundo industrializado. Seu suicídio, levado a cabo de forma sensacionalista, foi criticado por Maiakóvski no poema "A Serguei Iessiênin", de 1926. (N. do T.)

ra os quais a profissão paterna não parece algo terrível, em vez disso, inspira piedade e, principalmente, o desejo de seguir o mesmo caminho, tal como na canção "O destino":

Que conduza a luta até o último momento
Quem forças tiver para enfrentar a sorte.
Sou um fraco, mas de quem sou rebento
Prossigo o caminho interrompido pela morte.

A descendência dos bandidos constitui o núcleo estável do mundo do crime, seus "líderes" e "ideólogos".

O *blatar* está inevitavelmente muito distante de assuntos como a educação dos filhos e de tudo o mais que concerne à paternidade — questões que estão inteiramente fora do Talmud da bandidagem. Para as filhas (quando elas existem), o bandido considera absolutamente normal um futuro na carreira de prostituta ou como companheira de algum ladrão importante. Nenhuma crise moral lhe atormenta a consciência por causa disso (ainda que se tenha em vista a especificidade da moral *blatar*). E, quanto aos filhos, também se lhes apresenta como algo inteiramente natural o fato de tornarem-se ladrões.

(1959)

A RAÇÃO CARCERÁRIA

Uma das lendas mais populares e mais atrozes do mundo do crime é a lenda da "ração carcerária".

Tal como a história do "bandido-*gentleman*", é uma lenda de propaganda, apenas uma fachada da moral *blatar*.

De acordo com ela, a ração carcerária oficial — a porção de comida que se recebe na condição de detento — é "sagrada e inviolável" e nenhum bandido tem o direito de profanar essa fonte de sobrevivência concedida pelo Estado. Aquele que o fizer se tornará maldito desse momento em diante, e pelos séculos dos séculos. E não importa quem seja: um emérito *blatar* ou um jovem *fráier*, o último dos detentos.[48]

Se a ração carcerária for pão, por exemplo, pode-se guardá-la sem muita cautela ou preocupação na mesinha de cabeceira, caso haja alguma na cela, ou sob a cabeça, quando não há mesinha nem prateleira.

Roubar esse pão é considerado vergonhoso e inadmissível.

Somente as remessas de casa dos *fráieres* — seja roupa ou comida — podem ser confiscadas; isso não é proibido.

---

[48] No original, "*chtyliét batáiski*", literalmente, "o estilete de Batáisk" (cidade da província de Rostóv, a 1.086 km de Moscou); expressão idiomática pouco usada, de origem desconhecida, empregada com o sentido de "o menos importante". (N. do T.)

E apesar de ser evidente a todos que a proteção da ração carcerária é assegurada ao detento pelo próprio regime da cadeia e não pela piedade dos *blatares*, são poucos os que duvidam da nobreza da bandidagem.

Pois a administração não seria capaz de salvar nossa remessa das mãos dos ladrões — assim raciocinam os *fráieres*. Portanto, se não fossem os *blatares*...

De fato, a administração nada faz para salvar as remessas. A ética da cela exige que o detento divida o que recebe de casa com os companheiros. Os *blatares* logo se colocam como pretendentes a uma parte; de modo declarado e ameaçador, apresentam-se como "companheiros" do detento. Os *fráieres* mais prevenidos e experientes sacrificam logo a metade de sua remessa. Nenhum bandido se interessa pela situação material de um *fráier* detido. Um *fráier*, esteja em liberdade ou detenção, é uma presa natural, e sua "remessa" e suas "roupas" são um troféu de guerra para os *blatares*.

Às vezes pedem com insistência a porção de comida ou a roupa do corpo, dizendo: "Entregue... seremos úteis a você". E o *fráier*, que em liberdade é duas vezes mais pobre que o ladrão preso, entrega as últimas migalhas que sua esposa lhe juntou.

Mas como?! É a lei da cadeia! Em troca o *fráier* gozará de boa reputação, e o próprio Senka Pup lhe oferecerá proteção e até mesmo lhe permitirá fumar do maço de cigarros que sua esposa lhe mandou.

Espoliar um *fráier* na prisão, tomar-lhe a roupa, constitui a primeira e mais divertida atividade de um *blatar*. Isso é praticado pelos fedelhos, os jovens folgazões... Os mais velhos dentre eles ficam nos melhores cantos da cela, junto à janela, e tomam conta das operações, sempre prontos a intervir, em caso de qualquer resistência por parte dos *fráieres*.

Naturalmente pode-se começar a gritar, chamar as sentinelas, o comandante, mas para que fazê-lo? Para que lhe espanquem durante a noite? E depois, podem até mesmo degolá-lo durante uma transferência. Em vista disso: dane-se a remessa!

— Em compensação, sua ração carcerária permanece inteira — diz o *blatar* ao *fráier*, dando-lhe tapinhas nas costas e arrotando de saciedade —, nunca irão tocá-la, meu irmão... nunquinha.

O jovem ladrão nem sempre compreende por que não se pode tocar no pão que se recebe na cadeia, quando seu dono já se empanturrou de pãezinhos brancos mandados de casa. O dono dos pãezinhos também não compreende. Tanto a este quanto àquele os ladrões adultos esclarecem que assim é a lei da vida carcerária.

E se algum ingênuo camponês faminto, ao qual tenha faltado comida nos primeiros dias de detenção, pedir ao *blatar* vizinho que lhe tire um pedacinho de sua ração carcerária que secara na prateleira, Deus meu! Que grandiloquente lição sobre o caráter sagrado da ração carcerária ele receberá desse *blatar*...

Nas prisões aonde chegam poucas remessas de casa e onde há poucos *fráieres*, o conceito de "ração carcerária" se restringe à porção de pão recebida na cadeia, enquanto os pratos — sopas, mingaus, salada russa —, por mais escassos e pouco variados que sejam, são excluídos da lei de inviolabilidade. Os *blatares* sempre cuidam de assumir a responsabilidade pela divisão da comida. Este sábio regulamento custa caro aos outros habitantes da cela. Afora a porção de pão, servem-lhes apenas o caldo da sopa, e a porção do segundo prato,[49] por algum motivo, torna-se bem pequena.

---

[49] Na Rússia, divide-se o almoço em primeiro e segundo prato. O primeiro costuma ser sopa; o segundo, carne ou peixe acompanhados de cereais ou batatas cozidas. (N. do T.)

Poucos meses de convivência com esses zeladores da ração carcerária manifestam-se de modo extremamente negativo na "compleição" do detento, para usarmos os termos oficiais.

Tudo isso é ainda antes do *lager*; até este ponto trata-se do regime de detenção durante a fase de instrução.

Nos campos correcionais, em meio à pesada labuta, o problema da ração carcerária torna-se uma questão de vida ou morte.

Lá não sobra nenhum pedaço de pão; mesmo trabalhando pesado, todos passam fome.

O roubo da ração carcerária adquire aí um caráter criminal, de lento assassinato.

Os ladrões que não trabalham, tendo os cozinheiros nas mãos, levam da cozinha grande parte da banha, do açúcar, do chá, e, quando há, também da carne (eis o motivo pelo qual os "simples mortais" do *lager* preferem peixe a carne; a norma é a mesma quanto ao peso, mas a carne, de um jeito ou de outro, termina por ser roubada). Além dos ladrões, o cozinheiro precisa alimentar os servidores do *lager*, os chefes de brigada, os médicos e ainda os sentinelas do posto da guarda carcerária. E o cozinheiro os alimenta: os bandidos apenas o ameaçam de morte, enquanto os detentos que desempenham função administrativa no *lager* (chamados *pridurki* no jargão da bandidagem) podem encontrar um pretexto[50] para tirar-lhe o posto na cozinha e mandá-lo a uma galeria de mina, perspectiva que apavora qualquer cozinheiro, e, é claro, não só cozinheiros.

É a ração carcerária do numeroso exército de trabalhadores ordinários que é interceptada. Esses *rabotiagas*[51] rece-

---

[50] Há aqui um jogo de palavras entre o substantivo *pridúrok*, idiota, e o verbo *pridrátsia*, encontrar motivo para censura, encontrar pretexto. (N. do T.)

[51] Trabalhador diligente, assíduo; ou trabalhador comum. (N. do T.)

bem somente uma pequena parte da "cota de alimentação cientificamente calculada", pobre tanto em gordura quanto em vitaminas. Homens adultos caem no choro ao receber a sopa — toda a parte densa já foi retirada e entregue a diversos Siénietchka e Kólietchka.

Para dar alguma ordem, mínima que seja, as autoridades devem ter mais que probidade pessoal, devem ter uma energia desumana, inesgotável, na luta contra os rapinadores da alimentação — sobretudo contra os bandidos.

Tal é o problema da ração carcerária no *lager*. Aqui já não se pensa nas declarações propagandísticas dos *blatares*. O pão vem a ser pão, falando propriamente, sem qualquer condicionalidade ou simbolismo. É simplesmente o principal meio de manutenção da vida. Infeliz daquele que, sobrepujando-se, deixa um pedacinho da sua ração para a noite, com a intenção de acordar de madrugada e sentir o sabor do pão na sua boca dessecada pelo escorbuto até que seus ouvidos produzam um estalo seco.

Esse pão lhe será roubado, simplesmente tomado, arrancado sem cerimônia pelos jovens e famintos *blatares* que executam buscas a cada noite... O pão entregue deve ser comido sem demora — essa é a prática em muitas lavras, onde há muitos ladrões, onde estes nobres cavaleiros passam fome e, apesar de não trabalharem, também querem comer.

É impossível devorar de uma vez quinhentos ou seiscentos gramas de pão. Infelizmente o aparelho digestivo humano não é igual ao das jiboias ou das gaivotas. Nos humanos, as vias digestivas são muito estreitas, não se pode empurrar rapidamente por elas um pedaço de pão de meio quilo, ainda mais se for um pão com casca. É preciso partir o pão em pedaços, mastigá-lo — o que toma um tempo precioso. Os *blatares* arrancam as sobras de pão desse *rabotiaga*, espancando-o, desdobrando os dedos e abrindo suas mãos à força...

A ração carcerária

Na *tranzitka*[52] de Magadan houve um tempo em que a distribuição do pão era feita de modo que toda a ração diária era entregue ao *rabotiaga* sob a proteção de quatro metralhadoras, que mantinham a multidão de ladrões famintos a uma determinada distância do lugar de distribuição. O *rabotiaga*, recebendo o pão, ali mesmo começava a mastigá-lo, mastigava e mastigava, logrando, por fim, engoli-lo — pelo menos, não se ouviu falar de casos em que os *blatares* tenham rasgado a barriga de algum *rabotiaga* para arrancar o pão.

Mas havia — por toda parte — um outro caso.

Os detentos recebem dinheiro pelo seu trabalho — não muito, apenas algumas dezenas de rublos (para aqueles que superam a meta), mas, de todo modo, recebem. Aqueles que não alcançam a meta não recebem nada. Com essas dezenas de rublos o *rabotiaga* pode comprar pão na vendinha do *lager*; às vezes pode comprar manteiga também, em suma, pode incrementar a alimentação de algum modo. Nem todas as equipes recebem dinheiro, apenas algumas. Nas minas onde os bandidos trabalham, esses vencimentos existem apenas ficcionalmente — os *blatares* confiscam o salário, submetendo os *rabotiagas* ao pagamento de uma "taxa". E pela paga atrasada — no flanco uma facada. Esses inconcebíveis "achaques" são praticados por anos. Todos sabem dessa extorsão declarada. Ademais, se não o fazem os *blatares* por si, o achaque é feito em favor dos chefes de brigada, dos responsáveis pela cota, dos supervisores...

Eis o verdadeiro e prático teor do conceito de "ração carcerária".

(1959)

[52] Local de detenção dos prisioneiros que aguardam transferência para os campos ou que estão voltando para o continente. (N. do T.)

A GUERRA DAS CADELAS

O médico de plantão foi chamado à sala de triagem. No chão de tábuas recentemente lavado, raspado com faca e ligeiramente azulado, contorcia-se um corpo bronzeado, coberto de tatuagens — um homem ferido, que havia sido inteiramente despido pelos auxiliares de enfermagem. O pavimento estava manchado de sangue e o médico sorriu maldosamente — não seria fácil limpar; ele se alegrava com tudo de ruim que calhasse encontrar pela frente. Dois homens de jaleco branco inclinavam-se por cima do ferido: o enfermeiro segurando uma bandeja com material para curativos e o tenente do setor médico com papéis nas mãos.

O médico logo percebeu que o ferido não tinha documentos, mas o tenente do setor médico queria obter ao menos algumas informações sobre ele.

Os ferimentos eram recentes, alguns deles ainda sangravam. Havia muitos cortes — mais de uma dezena de pequenos talhos. Fora atacado há pouco com um canivete ou um prego, ou qualquer coisa do gênero.

O médico lembrou que no seu último plantão, há duas semanas, fora assassinada em seu próprio quarto a vendedora da mercearia, sufocada com um travesseiro. O assassino não tivera tempo de sair dali sem que o notassem, fez-se um alvoroço e, exibindo um punhal, ele escapou para o frio nevoeiro da rua. Ao passar correndo pela mercearia, espetou o punhal nas nádegas da última pessoa que estava de pé numa fila, esperando para comprar — por pura arruaça, ou o diabo sabe por que motivo...

Mas agora era algo um tanto diferente. As convulsões do ferido eram menos bruscas, as bochechas tinham empalidecido. O médico notou que se tratava de alguma hemorragia interna — pois que no ventre do ferido havia pequenos cortes, que também inspiravam cuidado, mas não estavam a sangrar. Devia haver feridas internas, nos intestinos, no fígado...

Todavia, o médico não ousou interromper o cerimonioso serviço de registro para controle. Era preciso, a qualquer custo, obter os dados básicos — sobrenome, nome, patronímico, artigo do Código Penal, duração da pena —, receber resposta àquelas perguntas que eram feitas por volta de dez vezes, todos os dias, a cada detento — nas chamadas, nas concentrações antes do trabalho...

O ferido respondia uma coisa ou outra e o tenente anotava às pressas as informações num pedaço de papel. Já se sabia o sobrenome e o artigo — 58, parágrafo 14... Restava a pergunta mais importante, cuja resposta era esperada por todos — o tenente, o enfermeiro da sala de triagem, o médico de plantão...

— Quem é você? Quem é? — ajoelhando-se junto ao ferido, suplicava o tenente com grande agitação.

— Quem?

Então o ferido compreendeu a pergunta. Suas pálpebras fremiram, descerraram-se seus lábios ressecados, carcomidos, e num suspiro arrastado, disse:

— Ca-de-la...

E perdeu os sentidos.

— Uma cadela! — gritou entusiasmado o tenente, erguendo-se, a espanar os joelhos com as mãos.

— Uma cadela! Uma cadela! — repetiu alegremente o enfermeiro.

— Levem-no à sétima, a cirúrgica! — azafamou-se o médico. Podia-se começar com os curativos. A enfermaria número sete era das "cadelas".

Muitos anos depois do fim da guerra, as sanguinárias ondas submarinas do mundo do crime ainda não haviam abrandado nas profundezas do oceano da humanidade. Ondas que eram consequência da guerra — uma consequência surpreendente e imprevisível. Ninguém — nem os grisalhos advogados criminais, nem os veteranos da administração penitenciária e nem os mais experientes diretores do *lager* — fora capaz de prever que a guerra dividiria o mundo do crime em dois grupos inimigos.

Durante a guerra, os criminosos que estavam detidos, inclusive um grande número de ladrões — reincidentes, *urkas* — foram convocados pelo exército e enviados à frente de batalha, em campanhas de reforço. A fama e a popularidade da armada de Rokossovski[53] devem-se precisamente à presença desse elemento criminal em suas fileiras. Dos *urkaganes* saíram intrépidos exploradores e corajosos combatentes. A natural propensão ao risco, a determinação e a impudência fizeram deles soldados valorosos. No afã do roubo e da pilhagem, não enxergavam nada pela frente. É verdade que a investida final em Berlim não fora confiada aos soldados desse

[53] Konstantin Rokossovski (1896-1968), marechal da URSS (desde 1944), um dos mais importantes chefes militares da Segunda Guerra Mundial, em 1945 comandou a Parada da Vitória em Moscou por designação de Stálin; em 1949 foi nomeado Ministro da Defesa da Polônia, sua terra natal; após a morte de Stálin, retornou à Rússia, onde foi também nomeado ministro da Defesa. Antes da participação na guerra, durante o Grande Expurgo, fora preso, acusado de manter contatos com grupos de inteligência estrangeiros, e esteve detido em campos de trabalho entre 1937 e 1940. (N. do T.)

grupo. A armada de Rokossovski tinha sido enviada a outro lugar; em vez dela, avançaram sobre Tiergarten as unidades regulares da armada do marechal Kóniev — regimentos do mais puro sangue proletário.

O escritor Verchígora,[54] em *Homens de consciência limpa*, assegura-nos saber de um *urkatch*, Voronko, que se tornara um bom combatente (como nos livros de Makarenko).[55]

Em suma, os criminosos detidos foram mandados às frentes de batalha, lá guerrearam — uns bem, outros mal... Ao chegar o Dia da Vitória, os heróis-*urkatches* foram dispensados e retornaram ao exercício de suas atividades pacíficas.

Dentro em pouco, nas audiências dos tribunais soviéticos do pós-guerra, encontravam-se os antigos conhecidos. Tornara-se claro — e isso não era difícil prever — que os reincidentes, os *urkaganes*, os ladrões, o mundo do crime, enfim, não consideravam a possibilidade de abandonar aquela atividade que antes da guerra lhes propiciava meios de sobrevivência, excitação criativa, minutos de genuína inspiração, bem como uma posição na "sociedade".

Os bandidos retornaram ao homicídio, os assaltantes ao arrombamento de caixas-fortes, os batedores de carteira voltaram a vasculhar os compartimentos dos casacos, e os *skokares*, a roubar apartamentos.

---

[54] Piotr Verchígora (1905-1963), laureado com o prêmio Stálin de literatura em 1947 pelo romance citado, onde celebra o heroísmo dos soviéticos em tempos de guerra. (N. do T.)

[55] Anton Makarenko (1888-1939), pedagogo e educador, criou e dirigiu colônias destinadas à recuperação de jovens abandonados (*bezprizórniki*) e associados ao crime. Entusiasta da ideia da "reforja", é autor do livro *Poema pedagógico*, em que narra suas experiências na recuperação de jovens delinquentes (existe edição brasileira: *Poema pedagógico*, tradução de Tatiana Belinky, São Paulo, Editora 34, 2005). (N. do T.)

A guerra antes fortaleceu sua impudência e desumanidade que lhes ensinou algo de bom. Passaram a encarar o assassinato, por exemplo, como algo ainda mais fácil e simples do que antes da guerra.

O governo procurou organizar a luta contra a desenfreada criminalidade. Criou-se o decreto de 1947 "Sobre a defesa da propriedade socialista" e "Sobre a defesa dos bens particulares do cidadão". De acordo com esses decretos, um furto de pouca monta, pelo qual o ladrão pagava com alguns meses de reclusão, passava então a ser punido com vinte anos.

Os ladrões que combateram na Grande Guerra Patriótica[56] começaram a ser enfiados em navios e trens às dezenas de milhares, e sob escolta rigorosa eram enviados aos muitos campos de trabalhos forçados, onde as atividades não desaceleraram nem por um minuto durante o conflito. Havia um grande número de campos de trabalho por essa época. Sevlag, Sevvostlag, Sevzaplag[57] — em cada província onde houvesse um canteiro de obras, grande ou pequeno, lá havia uma repartição dos campos de trabalho. A par de pequenos empreendimentos, que mal chegavam a ter mil pessoas, havia também campos-gigantes que em seus anos mais prósperos contavam com uma população de algumas centenas de mi-

---

[56] O conflito russo-alemão (1941-1945), no contexto da Segunda Guerra Mundial, é chamado na Rússia de *Velíkaia Otiétchestviennaia Voiná*, Grande Guerra Patriótica. (N. do T.)

[57] Respectivamente, acrônimos de *Lager* do Norte, *Lager* do Nordeste e *Lager* do Noroeste, campos de trabalho do Extremo Norte, submetidos à direção do Dalstroi (*Glávnoie Upravliênie Stroítelstvo Dálnego Siêvera*), Administração Central de Obras do Extremo Norte, empresa estatal submetida ao NKVD, órgão responsável pela repressão política; a cargo do Dalstroi estava a construção de estradas e a exploração mineral na região de Kolimá. (N. do T.)

lhares de pessoas: Bamlag, Taichetlag, Dmitlag,[58] Témniki, Karagandá...[59]

Os campos começaram rapidamente a se encher de criminosos. Com especial diligência, foram povoadas duas grandes e remotas repartições — Kolimá e Vorkutá.[60] A natureza severa do Extremo Norte, o solo eternamente congelado, o inverno de oito a nove meses, associado a um regime firmemente determinado, propiciavam condições favoráveis à liquidação da bandidagem. A experiência que Stálin realizou em 1938 com os trotskistas se coroou de pleno sucesso e continua bem viva na memória de todos.

Um após outro, começaram a chegar, tanto em Kolimá quanto em Vorkutá, os comboios de condenados pelo decreto de 1947. Mesmo que dificilmente fossem utilizáveis para a colonização da região e, em termos de trabalho, os *blatares* não representassem um material muito valioso, era-lhes, no entanto, praticamente impossível fugir do Extremo Norte. E assim, a questão de isolá-los solucionava-se de modo definitivo. A propósito, essas particularidades geográficas do Extremo Norte deram azo ao surgimento de uma categoria singular de fugitivos ("os fugitivos do gelo" — segundo um pitoresco termo da bandidagem), que na realidade não fugiam a parte alguma, em vez disso escondiam-se junto às estradas de rodagem de dois mil quilômetros de comprimento e assaltavam os carros que passavam. A acusação principal

[58] Respectivamente, acrônimos dos *Ispravítelno-Trudovie Lageriá* — *Baikalo-Amúrski*, *Taichétski* e *Dmítrovski*: Campos de Trabalho Correcional — da Região do Baikal e do Amur, de Taichét e de Dmitrov. (N. do T.)

[59] Trata-se dos campos de Témnikov, na Mordóvia, e Karagandá, no Cazaquistão. (N. do T.)

[60] A cidade de Vorkutá, na República de Komi, surgiu com a criação dos campos de trabalho na bacia carbonífera do rio Pechora, em 1932. (N. do T.)

que faziam a esses fugitivos não se referia à fuga em si, muito menos aos roubos na estrada. Os juristas tratavam a fuga como abandono ao trabalho e a interpretavam judicialmente como sabotagem contrarrevolucionária, na forma de "recusa ao trabalho" — o pior dos crimes no *lager*. Os esforços reunidos dos juristas e dos pensadores da administração dos campos de trabalho terminavam sempre por enquadrar o reincidente no âmbito do mais terrível dos artigos, o 58.

Em que consiste o catecismo do bandido? Como parte integrante do chamado *mundo do crime* — definição esta que pertence aos próprios malfeitores —, um bandido deve roubar, enganar aos *fráieres*, beber, farrear, jogar cartas, não trabalhar, participar dos *pravilki*, isto é, dos "tribunais de honra". Ainda que para o bandido a cadeia não seja um lar, o seu "cafofo", ou ainda, um "antro" que lhe seja familiar, é o lugar onde é obrigado a passar grande parte de sua vida. Disso decorre a importante conclusão de que na cadeia os bandidos devem garantir para si certos direitos — à força ou à base de golpes, de esperteza ou descaramento —, direitos não legais, mas sumamente importantes, como o direito ao lugar mais cômodo da cela, à melhor comida, a ter uma parte das remessas de casa enviadas a outros e assim por diante. E se na cela houver muitos bandidos, esses direitos são quase sempre assegurados. E são eles, precisamente, que conseguem tudo o que na cadeia pode ser conseguido. Essas "tradições" permitem ao bandido viver melhor que os outros, tanto na cadeia quanto nos campos de trabalho.

A breve duração da pena e as frequentes anistias possibilitavam ao bandido passar o tempo de sua detenção sem muitas preocupações e sem ter de trabalhar. Trabalhavam apenas — e somente de tempos em tempos — alguns profissionais especializados, como serralheiros, mecânicos. Nenhum dos ladrões fazia trabalho de "peão". Era-lhe melhor passar um tempo na solitária, no isolamento do *lager*...

A guerra das cadelas

O decreto do ano de 1947, com sua aplicação dos vinte anos de pena por delitos insignificantes, colocou de outra forma a questão de como se ocupar. Se antes um bandido podia esperar passar alguns meses, ou mesmo, quando muito, um ano ou dois na ociosidade, agora era preciso passar de fato toda a vida em detenção, ou meia vida, no mínimo. Entretanto, a vida do bandido é curta. Entre os malfeitores, os *pakhani* — os bandidos velhos — são bem poucos. Os bandidos não são longevos. O índice de mortalidade entre eles é consideravelmente mais elevado que a média nacional.

O decreto de 1947 apresentou sérios problemas para o mundo do crime, e os melhores cérebros *blatares* buscaram com afinco uma solução efetiva a essas questões.

De acordo com a lei da bandidagem, no campo um bandido não deve se ocupar de nenhuma das funções administrativas que normalmente se confia aos detentos. Um criminoso não tem o direito de ser supervisor, capataz ou monitor. Seria o mesmo que se tornar um daqueles com os quais os bandidos mantêm constante relação de inimizade. Um bandido que ocupa cargos administrativos deixa de ser bandido e é declarado "cadela", um "entrepelado", um fora da lei da bandidagem, e qualquer *blatar* consideraria uma honra a oportunidade de degolar um renegado dessa espécie.

Em relação a essa questão, a escrupulosidade do mundo do crime é notável e a interpretação dogmática de alguns assuntos complexos faz lembrar a delicada e sinuosa lógica do Talmud.

Um exemplo: um ladrão passa por perto do posto de vigia. O carcereiro que faz a guarda lhe grita: "Ei, bata no trilho, por favor, já que está perto...". Se o ladrão golpeia o trilho, fazendo-o soar — o toque de despertar e de chamada para controle —, já infringiu a lei, "virou a casaca".

Os *pravilki*, ou tribunais de honra onde se "promove a justiça", ocupam-se sobretudo do exame dos processos que tratam da acusação de traição à própria bandeira e da interpretação "jurídica" de uma ou outra conduta suspeitosa. É culpado ou não? A resposta afirmativa desses tribunais de honra implica, geralmente — e quase imediatamente —, num castigo cruento. Os executores, naturalmente, não são os juízes dos *pravilki*, mas os jovens malfeitores. Seus mentores sempre consideraram "atos" como esse muito proveitosos ao jovem bandido: ele adquire experiência, fortalece a resistência...

Em navios e trens, começaram a afluir para Magadan e Ust-Tsilma os criminosos condenados depois da guerra. "A malta militar" — foi a denominação que receberam ulteriormente. Todos eles foram à guerra, e se não tivessem cometido novos crimes não teriam sido condenados. Infelizmente havia bem poucos como Voronko. A imensa e esmagadora maioria dos bandidos tinha voltado à sua "profissão". A rigor, nunca se afastaram dela — a pilhagem nos *fronts* não estava longe de ser a principal ocupação desse nosso grupo social. Entre os mais intrépidos *blatares* havia também alguns condecorados. Aqueles que ficaram inválidos na guerra encontraram uma atividade muito rendosa — a mendicância nos trens suburbanos.

Entre os da "malta militar" havia muitos criminosos importantes, eminentes personalidades daquele mundo subterrâneo. Depois de muitos anos de guerra e liberdade, eles voltavam então aos lugares familiares, à casa de janelas gradeadas, à zona dos campos de trabalho, cercadas por dez fileiras de arame farpado; voltavam aos lugares costumeiros com pensamentos incomuns e uma flagrante inquietação. Certas coisas já haviam sido discutidas durante as longas noites nas cadeias para detentos em trânsito e todos concordaram com o fato de que não seria mais possível viver como antes, que no mundo do crime haviam amadurecido algumas questões que exigiam um exame urgente das mais "altas esferas". Os cabeças da "malta militar" queriam reencontrar os antigos companheiros, os quais só mesmo o acaso, como consideravam, poderia ter livrado da participação na guerra, aqueles companheiros que ficaram presos nas cadeias e nos campos de trabalho durante todo o tempo do conflito. Eles imaginavam cenas de alegres reencontros, incontidas fanfarronices entre "hóspedes" e "anfitriões" e, por fim, esperavam encontrar auxílio para a resolução daqueles seriíssimos problemas que a vida impusera ao mundo do crime.

Suas esperanças não estavam destinadas à realização. Os militares da malta não tiveram acolhida no velho mundo do crime e sua participação nos *pravilki* não foi autorizada. Ocorria que as questões que preocupavam aos que chegavam há muito haviam sido ponderadas e resolvidas pelo velho mundo do crime. E a decisão tomada distinguia-se inteiramente daquela que imaginaram os retornados.

— Você esteve na guerra? Teve nas mãos um fuzil? Então é uma "cadela", a mais autêntica "cadela", e, de acordo com a "lei", está sujeito à punição. Além disso é um covarde! Não teve força de vontade o bastante para recusar integrar as fileiras das campanhas de reforço — que "pagasse a pena" ou mesmo morresse, mas não aceitasse o fuzil!

Eis a resposta que os "filósofos" e "ideólogos" do mundo do crime deram aos que chegavam. A pureza das convicções *blatares* — disseram eles — está acima de tudo. E não se deve mudar nada. Se um bandido é um "homem" e não um "pivete", ele deve saber sobreviver a qualquer decreto — caso contrário não seria um bandido.

Aqueles "militares" invocaram seus méritos do passado e exigiram participar dos "tribunais de honra" como juízes, com os mesmos direitos e a mesma autoridade, mas foi em vão. Os antigos *urkaganes* que, dentre outras coisas, suportaram o período da guerra à custa de porções ínfimas de pão nas celas da cadeia, foram inflexíveis.

Porém, entre aqueles que retornavam havia muitos personagens importantes do mundo do crime. Havia muitos "filósofos", "ideólogos" e "líderes". Desalojados de seu ambiente familiar de maneira tão categórica e sem qualquer cerimônia, eles não podiam se conformar com a redução à categoria de párias que lhes fora imposta pelos *urkas* ortodoxos. Os representantes da "malta militar" fizeram inutilmente notar que as eventuais circunstâncias daquele momento em que lhes fora proposto ir ao *front* excluíam qualquer possibilidade de recusa. Evidentemente nunca existira qualquer disposição patriótica por parte da bandidagem. O exército, o *front* — não passavam de um pretexto para sair da prisão, e quanto ao que seria depois, Deus haveria de prover. A certa altura os interesses do Estado coincidiram com seus interesses pessoais — e era precisamente nisso que consistia sua falta para com seus antigos companheiros. Além disso, a guerra respondia a alguns anseios dos bandidos, como o gosto pelo perigo, pelo risco. Em nenhum momento chegaram a pensar em reeducar-se, tampouco em abandonar o mundo do crime. O orgulho ferido daquelas autoridades que deixavam de ser reconhecidas como tal, a consciência de que em vão deram aquele passo, agora declarado uma traição aos companheiros, a lembrança das penosas viagens durante a guerra — tudo isso exacerbava as posições e tornava a atmosfera do submundo extremamente tensa. Entre os bandidos havia também aqueles que foram à guerra por pusilanimidade — foram ameaçados com o fuzilamento e, naquele tempo, sabe-se, de fato fuzilariam. Os mais fracos seguiam os cabeças, as autoridades — a vida é sempre a vida, assim como as pessoas...

Os bandidos importantes, os "líderes da malta militar", ficaram desconcertados, mas não esmorecidos. E então, já que a antiga "lei" não os aceitava, elaborariam uma nova. E foi promulgada uma nova lei da bandidagem — no ano de 1948, no centro de transferência prisional da baía de Vanino. A construção do porto e da aldeia de Vanino fora concluída durante a guerra, quando se rebentou o porto da baía de Nakhodka.

Os primeiros passos dessa nova lei estão relacionados ao nome semilegendário de certo *blatar*, alcunhado de "o Rei", um homem sobre o qual, muitos anos depois, os ladrões "na lei", que o conheciam e odiavam, diziam respeitosamente: "Bem, seja lá como for, espírito ele tinha...".

Ter espírito, ter peito — é uma ideia peculiar da bandidagem. É uma mescla de ousadia, voz elevada, energia, firmeza e uma intrepidez sem par associada a certa histeria, a certa teatralidade...

O novo Moisés possuía essas qualidades em abundância.

De acordo com a nova lei, permitia-se aos bandidos trabalhar no *lager* ou na cadeia como monitores, supervisores, capatazes, chefes de brigada e mais uma série de funções dos campos de trabalho.

O Rei fez com o comandante do centro de transferência um terrível acordo: prometia instaurar naquela prisão para detentos em trânsito a mais completa ordem, asseverando "dar conta" dos ladrões "na lei" com suas próprias forças. Pedia que não prestassem especial atenção se — por um extremado acaso — fosse derramado algum sangue.

O Rei mencionou seus méritos militares (ele havia sido condecorado na guerra) e deu a entender ao comandante que se apresentava naquele instante às autoridades a oportunidade de tomar a correta decisão para dar cabo do mundo do crime, da delinquência em nossa sociedade. Ele, o Rei, responsabilizava-se pela execução dessa difícil tarefa e pedia que não lhe pusessem obstáculos.

É de crer que o comandante do centro de transferência prisional de Vanino tenha imediatamente comunicado a proposta aos mais altos comandantes e tenha recebido anuência para apoiar a operação do Rei. No *lager* nada acontece por vontade do comandante local. Tanto mais que, via de regra, todos se espionam reciprocamente.

O Rei prometia se corrigir! Uma nova lei da bandidagem! O que poderia ser melhor? É o que havia sonhado Makarenko, a realização dos mais recônditos desejos do teórico. Os *blatares* finalmente se "reeducariam"! Era finalmente chegada a tão esperada confirmação prática das elucubrações teóricas de muitos anos a esse respeito, começando pelo "elástico" de Krilenko[61] e terminando com a teoria da retaliação de Vichinski.[62]

Habituada a ver os "ladrões", os "trigésimos quintos",[63] como "amigos do povo", a administração dos campos de tra-

[61] *"Riezinka" Krilenko*, trata-se da variação na pena do detento; o prolongamento ou redução do prazo a ser cumprido dependeria do comportamento e da aplicação no trabalho em prol do Estado. Nikolai Krilenko (1885-1938), Comissário do Povo de Justiça (equivalente a ministro) da República Socialista Soviética da Rússia (1931-1936), posteriormente da URSS (1936-1938), e teórico do sistema penal soviético, defendia que as considerações políticas deveriam ter preponderância sobre as criminais para tratar de questões como culpabilidade, inocência e castigo; foi condenado por atividade antissoviética e executado em julho de 1938. No relato "No *lager* não há culpados", de seu livro *Víchera*, Chalámov afirma ter assistido a palestras de Krilenko quando era estudante de direito em Moscou. (N. do T.)

[62] Andrei Vichinski (1883-1954), jurista defensor da *teóriia vozmézdia* — a reciprocidade do crime e da pena — opunha-se às ideias de Krilenko, argumentava que a imprecisão nas definições de "crime" e dos "termos do castigo" provocariam instabilidade legal e arbitrariedade. (N. do T.)

[63] Refere-se ao artigo 35 do Código Penal soviético, que tratava do crime de formação de quadrilha. (N. do T.)

balho não acompanhava com muita frequência os processos subterrâneos que se desenrolavam no mundo do crime. Nenhuma informação preocupante chegava de lá — a rede de delatores e informantes de que dispunham as autoridades do *lager* estava em outros lugares. A ninguém interessava o estado de espírito ou as questões que agitavam o mundo do crime.

Era um mundo que há muito já devia ter se corrigido — e finalmente era chegada a hora. Uma prova disso — diziam as autoridades — era a nova lei do Rei. Era o resultado da benéfica influência da guerra — mesmo na delinquência fora despertado o sentimento patriótico. Afinal, tínhamos lido Verchígora, tínhamos ouvido falar das vitórias do exército de Rokossovski.

Os veteranos, aqueles que encaneceram no serviço administrativo do *lager*, mesmo sem acreditar que algo de bom pudesse vir de Nazaré,[64] julgaram que um cisma, um enfrentamento entre dois grupos de bandidos, só podia resultar em algo positivo e vantajoso para os outros, as pessoas comuns. Menos multiplicado por menos dá mais — argumentaram. É o que veremos.

O Rei obteve consentimento para sua "experiência". E num daqueles dias curtos do Norte, toda a população da prisão de transferência de Vanino foi ordenada em duas fileiras.

O comandante da prisão apresentou aos detentos um novo monitor. Este monitor era o Rei. E seus auxiliares mais próximos foram nomeados comandantes de campanha.

Os novos servidores dos campos de trabalho não perderam tempo. O Rei caminhava ao longo das filas de detentos, perscrutando demoradamente cada um deles, e apenas dizia:

---

[64] Evangelho de João, 1, 3: "Disse-lhe Natanael: 'Pode vir alguma coisa boa de Nazaré?'. Disse-lhe Filipe: 'Vem, e vê'". (N. do T.)

— Saia da fila! Você! Você! E você! — O dedo do Rei se movia e ao parar era sempre certeiro. A vida no crime o ensinara a observar. Caso lhe surgisse qualquer dúvida, era muito fácil verificar, e todos — tanto os *blatares* quanto o próprio Rei — sabiam muito bem disso.

— Tire a roupa! Saque fora a camisa!

A tatuagem — o indelével sinal distintivo da ordem — desempenhava aí um papel funesto. As tatuagens são um equívoco dos jovens *blatares*. As gravuras permanentes facilitam o trabalho do serviço de investigação criminal. Mas somente agora era revelado o significado mortal que de fato tinham.

Começou o massacre. À base de cacetadas, socos, chutes e pedradas, o bando do Rei começava a destroçar, "com base legal", os adeptos da antiga lei da bandidagem.

— Converte-se à nossa fé? — gritava o Rei, triunfante. Ele estava agora testando a força espiritual dos mais obstinados "ortodoxos", os mesmos que o acusaram de fraqueza. — Converte-se à nossa fé?

Para a conversão à nova lei da bandidagem foi criado um ritual, uma representação teatral. O mundo do crime aprecia certa teatralidade na vida, e se N. N. Evreinov ou Pirandello[65] tivessem conhecido tais circunstâncias, não teriam deixado de enriquecer suas teorias cênicas com esse material.

O novo ritual nada ficava a dever à famosa cerimônia de investidura dos cavaleiros. Até pode ser que essas práticas tenham sido sugeridas pelos romances de Walter Scott.

— Beije a faca!

Aos lábios do *blatar* espancado aproximava-se a lâmina.

— Beije a faca!

---

[65] Nikolai Nikoláievitch Evreinov (1879-1953), diretor, dramaturgo e teórico teatral russo. Luigi Pirandello (1867-1936), famoso escritor e dramaturgo italiano. (N. do T.)

Se o ladrão "na lei" cedesse e encostasse os lábios no metal — consideravam-no convertido à nova fé e então perdia qualquer direito no mundo do crime, seria para sempre "cadela".

Essa ideia do Rei era verdadeiramente uma ideia de rei. Não apenas porque a investidura dos cavaleiros *blatares* garantia uma inumerável reserva ao exército das cadelas — era pouco provável que ao introduzir aquele ritual da faca o Rei estivesse pensando no dia de amanhã ou depois de amanhã. Certamente era noutra coisa que havia pensado! Ele poria todos seus velhos amigos de antes da guerra naquela mesma situação — vida ou morte! — em que ele próprio se acovardara, segundo a opinião dos bandidos "ortodoxos". Agora era a vez de eles mostrarem do que eram capazes! As condições eram as mesmas.

Todos que se recusavam a beijar a faca eram executados. A cada noite arrastavam novos cadáveres para perto das portas, fechadas por fora, dos barracões da prisão de transferência. Esses homens não haviam sido mortos, pura e simplesmente. Seria muito pouco para o Rei. Cada cadáver levava a "assinatura" de todos os antigos companheiros que haviam beijado a faca. Não se limitavam a matar os ladrões. Antes de morrer eram "moídos", isto é, pisoteados, espancados e mutilados de formas diversas... E somente depois eram executados. Quando, depois de um ano ou dois, chegou um grupo escoltado de Vorkutá (onde a mesma história se desenrolara) e algumas cadelas importantes desembarcaram do navio — revelou-se que a gente de Vorkutá não aprovava a excessiva brutalidade praticada em Kolimá. "Nós apenas matamos. Para que 'moer'?" Desse modo, ficou claro que as coisas em Vorkutá se diferenciavam um tanto daquelas praticadas pelo bando do Rei.

As notícias sobre a retaliação do Rei na baía de Vanino viajaram por mar e em Kolimá os bandidos da antiga lei se prepararam para defender-se. Declararam mobilização geral e todo o mundo *blatar* começou a se armar. Todas as forjas e serralherias de Kolimá trabalhavam secretamente na fabricação de facas e baionetas curtas. Naturalmente não eram os bandidos que forjavam, mas verdadeiros mestres artesãos, "por medo ou receio" — como diziam os *blatares*. Eles sabiam bem antes de Hitler que amedrontar um homem é muito mais efetivo que suborná-lo. E ainda, como se sabe, é mais barato. Qualquer serralheiro, qualquer forjador concordaria em ter uma baixa em seu percentual do cumprimento da meta, desde que sua vida fosse poupada.

Enquanto isso, o enérgico Rei convenceu a administração da necessidade de uma "turnê" pelos centros de transferência prisional do Extremo Oriente. Juntamente com sete de seus auxiliares, percorreu os centros até Irkutsk — deixando nas cadeias dezenas de cadáveres e centenas de cadelas recém-convertidas.

As cadelas não podiam ficar eternamente na baía de Vanino. Vanino era um campo para detentos em trânsito, uma *tranzitka*. Elas atravessaram o mar com destino às minas de ouro. A guerra espalhou-se por uma extensa região. Ladrões matavam cadelas, cadelas matavam ladrões — o índice do "arquivo nº 3" (falecidos) deu um salto, chegando quase a atingir o recorde do famigerado ano de 1938, quando foram fuziladas brigadas inteiras de trotskistas.

As autoridades correram ao telefone para falar com Moscou.

Ficou claro que na tentadora expressão "nova lei da bandidagem" a palavra "bandidagem" era a mais significativa, e que sobre a "reeducação" nem mesmo se falava. As autoridades tinham sido novamente feitas de tolas — dessa vez pelo esperto e cruel Rei.

Desde o início dos anos 1930, os bandidos — aproveitando-se habilmente da difusão da ideia da "reeducação pelo trabalho", repetidas vezes dando sua palavra de honra, utilizando-se de espetáculos como *Os aristocratas* e das firmes instruções das autoridades sobre a necessidade de dar um voto de confiança aos reincidentes criminais — dedicavam-se a salvar seus próprios quadros. As ideias de Makarenko e a famigerada "reforja" possibilitaram a salvaguarda e o fortalecimento dos quadros *blatares* — foi sob seu abrigo que os implementaram. Afirmavam que em relação aos pobres criminosos deviam-se aplicar apenas sanções educativas, e não punitivas. De fato, todo esse cuidado com a preservação da bandidagem parecia inusitado. Qualquer contramestre sabia — e sempre o soube — que não se tratava de nenhuma "reforja" ou reeducação de criminosos reincidentes, que isso não passava de um mito pernicioso. E que ludibriar os *fráieres* e as autoridades era motivo de orgulho para um *blatar*; que a um *fráier* se podia jurar mil vezes, insistir na "palavra de honra", tudo para que mordesse a isca. Dramaturgos pouco perspicazes como Chéinin ou Pogódin continuaram, com grande proveito para o mundo do crime, a pregar a necessidade de "dar confiança" aos *blatares*. Para cada Kóstia, o capitão, que se reeducava, eram dez mil *blatares* que saíam previamente da cadeia para cometer vinte mil assassinatos e quarenta mil roubos. Eis o preço que se pagou por *Os aristocratas* e por *Memórias de um juiz de instrução*. Chéinin e Pogódin eram homens muito incompetentes para tratar de uma questão tão importante. Em vez de destronar a delinquência, romantizaram-na.

Em 1938 os bandidos foram explicitamente chamados para executar trotskistas nos campos de trabalho; espancaram e mataram velhos indefesos, famélicos impotentes... Enquanto a "agitação contrarrevolucionária" era castigada com a pena de morte, os crimes dos *blatares* eram acobertados pelas autoridades.

Jamais se evidenciou qualquer indício de reeducação,

nem entre *blatares*, nem entre cadelas. A única coisa que se via eram as centenas de cadáveres reunidos diariamente nos necrotérios dos campos. Ocorria que as autoridades, ao reunir ladrões e cadelas, expunham deliberadamente tanto uns quanto outros ao perigo de morte.

As ordens de não interferência foram logo anuladas e por toda parte criaram zonas especiais, separadas, para cadelas e ladrões "na lei". Às pressas, ainda que tarde, o Rei e seus correligionários foram removidos de todos os cargos administrativos dos campos, tornando-se simples mortais. A expressão "simples mortal" inesperadamente adquiriu um sentido particular, funesto. As cadelas não eram imortais. Viu-se que a criação de zonas especiais no território de um mesmo campo não trouxe nenhuma vantagem. Como antes, o sangue continuava a correr. Tiveram que alocar ladrões e cadelas em lavras separadas (onde, é claro, juntamente com os bandidos, trabalhavam condenados por crimes previstos em outros artigos do código). Faziam expedições — incursões de cadelas ou ladrões armados na zona inimiga. Foi preciso tomar mais uma medida organizativa — atribuir toda a administração das minas, que reuniam diversas lavras, aos ladrões e às cadelas. Assim, toda a Administração Oeste — com seus hospitais, cadeias e *lager* — ficou com as cadelas, enquanto os ladrões se concentravam na Administração Norte.

Nas *tranzitkas* todo *blatar* tinha de informar à autoridade quem ele era — ladrão ou cadela — e a depender da resposta seria inscrito num comboio que se destinava a determinado lugar onde sua vida não fosse posta em perigo.

Apesar de não refletir com exatidão a essência do que nomeia e de ser mesmo incorreto, do ponto de vista terminológico, o termo "cadela" fez-se logo corrente. Por mais que os chefes da nova lei protestassem contra essa injuriosa alcunha, não se encontrou coisa melhor, um termo mais apropriado, e foi com esse mesmo que entraram para a documentação oficial, e não demorou muito para que eles próprios passassem a se denominar "cadelas". Por clareza. Para simplificar. Uma disputa linguística poderia facilmente terminar em tragédia.

O tempo passava, mas a sanguinária guerra de extermínio não cessava. Como acabaria? Como? — conjeturavam os sábios do *lager*. E respondiam: com o assassinato dos chefes de uma e outra parte. O próprio Rei já havia sido explodido em alguma lavra afastada (seu sono, num canto do barracão, era velado por amigos armados; os *blatares* puseram sob o canto do barracão uma carga de amonal, suficiente para fazer voar pelos ares as tarimbas que ali se encontravam). Já a maior parte daqueles "militares" jazia nas covas comuns do *lager*, com uma etiqueta de madeira na perna esquerda, imperecíveis no solo congelado. Já os ladrões mais destacados — Ivan Um-e-Meio Babalanov e Ivan Um-e-Meio Grek — morreram sem ter beijado a faca das cadelas. Mas outros, não menos destacados — Tchibis, Mishka-Odessita —, beijaram e agora matavam outros *blatares* para a glória das cadelas.

No segundo ano dessa guerra "fratricida" produz-se um fato novo e de alguma importância.

Mas como? Acaso o ritual de beijar a faca podia mudar o espírito de um *blatar*? Ou o famigerado "sangue vigarista" podia alterar sua própria composição química nas veias do *urkagan* por terem seus lábios tocado a lâmina de ferro?

Nem todos os que beijaram a faca aprovavam a nova tábua da lei das cadelas. Muitíssimos continuaram, em espírito, sequazes da antiga lei — visto que, outrora, eles próprios haviam condenado as cadelas. Parte desses *blatares* fracos de espírito tentaram voltar à "lei" na primeira oportunidade. Mas uma vez mais a ideia do Rei mostrou toda sua força e profundidade. Os ladrões "na lei" ameaçavam de morte as cadelas convertidas sem fazer qualquer distinção entre estas e as que faziam parte dos quadros originais. Então, alguns daqueles antigos ladrões que haviam beijado a lâmina das cadelas e que se atormentavam pela vergonha e consumiam-se no rancor, fizeram mais uma incrível jogada.

Uma terceira lei da bandidagem foi promulgada. Entre os bandidos desse terceiro grupo não havia força teórica para a elaboração de uma plataforma "ideológica". Não eram guiados por nada além do próprio rancor e seu único lema era a vingança e um ódio cruento contra cadelas e ladrões — em igual medida. E deram início ao extermínio físico tanto de uns quanto de outros. Inesperadamente, logo de início entrou um número tão grande de *urkaganes* para o grupo da terceira lei que as autoridades tiveram de destinar para eles uma lavra separada. A série de novos homicídios, inteiramente imprevistos pelas autoridades, causou grande perturbação nas mentes dos funcionários dos campos.

Os *blatares* do terceiro grupo receberam o expressivo nome de "sem-limites". Eram também chamados de makhnovistas — pronunciado nos tempos da guerra civil, era bem conhecido no mundo do crime o aforismo de Nestor Makhnó acerca de sua própria atitude em relação aos Vermelhos e aos Brancos.[66] Começaram a surgir cada vez mais novos gru-

---

[66] Nestor Makhnó (1888-1934), líder anarquista ucraniano que, durante a Guerra Civil Russa (1918-1922), formou o exército negro makhnovista, combatendo tanto o Exército Branco, de nacionalistas e contrarrevolucionários, quanto o Exército Vermelho, os revolucionários bolcheviques. Por ocasião do combate aos Brancos e às tropas estrangeiras que os apoiavam, esteve aliado aos bolcheviques; posteriormente (1919) foi declarado contrarrevolucionário por "desmantelar a frente de batalha" na região da Crimeia. O aforismo mencionado diz: "Não há partidos, o que há é um monte de charlatães que, em nome de seu proveito pessoal e de sensações extremadas, destrói o povo trabalhador". (N. do T.)

pos, que recebiam os mais diversos nomes, como, por exemplo, "Chapeuzinho Vermelho". As autoridades tiveram de quebrar a cabeça para assegurar a todos esses grupos instalações separadas.

Posteriormente se revelaria que os "sem-limites" não eram tantos assim. Os ladrões agem sempre em bando — um *blatar* solitário não é algo possível. O caráter público das farras e dos "tribunais de honra" do submundo da bandidagem é indispensável tanto ao grande quanto ao pequeno ladrão. É preciso pertencer a um mundo qualquer, onde se possa buscar e encontrar apoio, amizade e onde se tenha assuntos em comum.

Os "sem-limites" eram figuras essencialmente trágicas. Na guerra das cadelas não tiveram muitos parceiros; foram muito mais um notável fenômeno de tipo psicológico, e é precisamente desse ponto de vista que despertam interesse. Além disso, devido a sua inferioridade numérica, os "sem-limites" tiveram de passar por uma boa quantidade de humilhações.

O fato é que, por decreto, havia dois tipos de celas de transferência sob vigília da escolta: um para os ladrões "na lei", outro para as cadelas. Os "sem-limites" tinham de pedir às autoridades um lugar, demorar-se em explicações, meter-se em algum canto entre os *fráieres*, que, aliás, não os tratavam com nenhuma simpatia. Os "sem-limites" eram quase sempre viajantes solitários. Enquanto estes eram obrigados a recorrer continuamente às autoridades, os ladrões e as cadelas simplesmente exigiam o "seu". Assim, um desses "sem-limites", depois de ter alta do hospital, passou três dias (antes da partida) sob a torrinha da sentinela — era o lugar mais seguro. No *lager* poderiam matá-lo, então se recusava a entrar na área cercada.

No primeiro ano parecia que a vantagem estava com as cadelas. As enérgicas ações de seus cabeças, os cadáveres de ladrões em todos os centros de transferência, a autorização para enviar cadelas para aquelas minas aonde antes não arriscavam mandá-las — tudo isso era sinal de sua superioridade na "guerra". O recrutamento de cadelas por meio do ritual do beijo à faca adquiriu grande notoriedade. O campo de trânsito de Magadan era plenamente ocupado por elas. Ao fim do inverno os *blatares* esperavam ansiosamente pelo início do período de navegação. O primeiro navio decidiria seus destinos. O que traria — a vida ou a morte?

Com o navio, chegaram do "continente" as primeiras centenas de *blatares* ortodoxos. Entre estes não havia cadelas!

As cadelas do campo de trânsito de Magadan foram rapidamente enviadas para "sua" Administração Oeste. Recebendo reforço, os ladrões "na lei" ganharam novo ânimo e a luta sanguinária irrompeu com força renovada. Posteriormente, ano após ano os quadros dos ladrões eram incrementados com aqueles trazidos do continente. Os quadros das cadelas multiplicavam-se com o conhecido sistema do beijo à faca.

O futuro era — como sempre — incerto. Em 1951, Ivan Tchaika — um dos representantes da lei da bandidagem com mais "autoridade" naquele tempo e naqueles rincões — foi inscrito num comboio de transferência depois de um mês de tratamento no hospital central para detentos. Em realidade não estava doente. O administrador do serviço de saúde da mina onde Tchaika estava registrado fora ameaçado de represália caso não o mandasse repousar no hospital, e prometeram-lhe duas peças de roupa caso concordasse em enviá-lo. Então ele atendeu à recomendação e enviou Tchaika ao hospital. Os exames clínicos não apresentaram nada que oferecesse perigo à saúde de Tchaika, entretanto, houve tempo para uma conversa com o responsável pelo setor terapêutico. Tchaika esteve internado por um mês inteiro, em seguida concordou em ter alta. Mas no momento de deixar o hospital do campo de trânsito, ao ser chamado pelo supervisor, o *blatar* perguntou: para onde segue o comboio? O supervisor, querendo troçar de Tchaika, disse o nome de uma das minas da Administração Oeste, para onde não mandavam os ladrões "na lei". Depois de uns dez minutos Tchaika declarou--se doente e pediu que chamassem o administrador do campo de trânsito. Chegando o administrador, que também era médico, Tchaika pôs a mão esquerda sobre a mesa e, depois de abri-la, desferiu repetidos golpes com a faca que estava em sua outra mão. A cada golpe a faca atravessava a mão até chegar à madeira e Tchaika a puxava de volta com um gesto brusco. Tudo isso durou um minuto ou dois. Tchaika explicou ao assustado administrador que ele era um ladrão "na lei" e conhecia seus direitos. Ele devia ser enviado à Administração Norte, a que se destinava aos ladrões. Para o Oeste, de encontro à morte, ele não iria, melhor seria ter a mão decepada. O administrador, extremamente intimidado, não conseguia entender o que motivara toda aquela história — afinal, Tchaika estava sendo mandado precisamente para onde queria. Assim, graças ao supervisor, o mês de descanso de Tchaika no hospital foi um tanto perturbado. Se o *blatar* não tivesse perguntado ao supervisor para que lugar se dirigia o comboio, tudo teria corrido bem.

Com seus mil e tantos leitos, o hospital central para detentos — o orgulho da medicina kolimana — situava-se no território da Administração Norte. Os ladrões, naturalmente, consideravam-no um hospital local, de sua área, não um hospital central. Por um longo tempo a direção hospitalar procurou colocar-se "acima da batalha", fingindo curar os enfermos de todas as administrações. Mas não era bem assim, visto que os ladrões "na lei" consideravam a Administração Norte sua própria fortaleza e exigiam ter direitos especiais sobre todo seu território. Os ladrões conseguiram impedir que as cadelas fossem tratadas naquele hospital, onde as condições eram muito melhores do que em qualquer outro lugar, e — o que era de suma importância —, como um hospital central, podia emitir atestados de invalidez, que conferiam o direito à transferência para o continente. Isso não fora conseguido com requerimentos, reclamações ou solicitações oficiais, mas com o emprego da faca. Alguns assassinatos diante dos olhos do diretor foram o suficiente para que ele mansamente entendesse qual era seu verdadeiro lugar em meio àquelas delicadas questões. Os esforços do hospital para restringir suas tarefas ao âmbito médico não duraram muito. Quando de noite um doente crava a faca na barriga de seu vizinho de leito — por mais que as autoridades tenham declarado que não têm qualquer envolvimento com a "guerra civil" do mundo do crime —, a coisa resulta bastante convincente. De início algumas cadelas foram enganadas pela tenacidade da direção do hospital em assegurar que não havia nenhum perigo que as ameaçasse. Elas aceitavam a proposta, feita pelos médicos da mina, de se tratarem no hospital central (qualquer médico local concordava em "formalizar" os documentos hospitalares necessários, contanto que as minas se livrassem daqueles delinquentes, ao menos por algum tempo); a escolta as conduzia até o hospital, mas não passavam do ambulatório de recepção. Informando-se aí sobre a real situação, exigiam que as levassem de volta sem demora. Na maioria das vezes eram acompanhadas no retorno pela mesma escolta. Houve um caso em que o chefe da escolta, depois de uma recusa do pessoal da recepção, atirou o maço de prontuários numa vala perto do hospital e, abandonando os doentes, tentou desaparecer com seu carro acompanhado dos soldados membros da escolta. Tinham percorrido já uns quarenta quilômetros quando foram alcançados por outro carro, este com os combatentes e oficiais da guarda do hospital, armados de espingardas e com os revólveres engatilhados. Os fugitivos retornaram ao hospital sob escolta,

A guerra das cadelas

devolveram-lhes os detentos doentes e os prontuários e os despacharam.

Uma única vez, quatro cadelas — *urkaganes* importantes — atreveram-se a pernoitar dentro dos muros do hospital. Barricaram a porta da enfermaria disponibilizada exclusivamente para elas e alternaram-se na guarda junto à porta, com a faca desembainhada. Na manhã seguinte foram mandadas de volta. Esse foi o único caso em que armas foram explicitamente introduzidas no hospital — a direção procurava não ver as facas nas mãos das cadelas.

Geralmente as armas eram recolhidas logo na triagem, o que se fazia de modo muito simples — despiam inteiramente os enfermos e os conduziam ao cômodo seguinte para a vistoria médica. Depois de cada comboio, pelo chão e atrás do espaldar dos bancos, restavam estiletes e facas abandonadas. Revistavam até mesmo faixas de ataduras, removiam o gesso dos membros fraturados, porque os *blatares* enfaixavam essas armas junto ao corpo, escondendo-as sob as ataduras.

À medida que passava o tempo, um número cada vez menor de cadelas chegava ao hospital central — os ladrões "na lei" tinham praticamente vencido a disputa com a direção. Um ingênuo diretor que se fartara com as leituras de Chéinin e Makarenko, um admirador secreto — e também público — do romântico mundo da delinquência ("O senhor sabe, é um ladrão graúdo!" — isso era dito num tom que permitiria pensar que se tratava de um acadêmico que houvesse descoberto o segredo do núcleo atômico), imaginava-se um grande conhecedor dos costumes da bandidagem. Ele ouvia falar da Cruz Vermelha, da forma como os ladrões tratavam os médicos, e o fato de ter contato pessoal com esses ladrões excitava prazenteiramente sua vaidade.

Disseram-lhe que a Cruz Vermelha, isto é, a medicina, seus funcionários, em geral, e os médicos, em particular, ocupavam posição de destaque aos olhos do mundo do crime.

Eram intocáveis, "extraterritoriais" para as operações dos malfeitores. Além disso, no *lager* os médicos eram protegidos pelos próprios delinquentes de toda desgraça possível. Nessa lisonja simplória e tosca muitos já caíram, e ainda caem. E no *lager* não há ladrão ou médico que não saiba contar a velha história do médico roubado ao qual os ladrões devolvem o relógio (a mala, a roupa, o Bréguet) logo que tomam conhecimento de que a vítima do roubo é um médico. Trata-se de uma variação sobre o tema do "Bréguet de Herriot".[67] Circula também a história do médico faminto que teria sido alimentado na cadeia por ladrões saciados (da comida tomada dos outros prisioneiros da mesma cela). Há alguns enredos clássicos nesse gênero que são sempre contados segundo regras precisas, como as aberturas das partidas de xadrez...

O que há de verdade nisso, do que afinal se trata? Trata-se de um infame, rigoroso e frio cálculo dos *blatares*. Já a verdade consiste no fato de o único defensor do prisioneiro no *lager* (inclusive do ladrão) ser o médico. Não o diretor do campo, não o organizador de atividades culturais do KVT, mas somente o médico presta ajuda diária e concreta ao detento. O médico pode autorizar a internação no hospital, pode dar um dia ou outro de descanso — isso é algo muito importante. O médico pode mandar o detento a qualquer parte, e também não mandar — para qualquer transferência se exige a sanção médica. Ele pode encaminhar para um trabalho leve, rebaixar a "categoria laboral" — nesse âmbito vital, importantíssimo, o médico não está submetido a nenhum

---

[67] Trata-se do conto escrito em 1958 por Lev Chéinin. O enredo narra um acontecimento real. Durante a visita do primeiro-ministro francês Édouard Herriot a Leningrado, roubaram-lhe um relógio Bréguet de ouro. As autoridades soltaram dois presidiários para que localizassem e devolvessem o relógio. (N. do T.)

A guerra das cadelas

controle, e em todo caso não seria o diretor local o seu juiz. O médico cuida da alimentação dos prisioneiros e, quando ele próprio não toma parte no desperdício dessa alimentação, cuida muito bem. Ele pode prescrever uma ração melhor. São muitos os direitos e deveres do médico. E, por pior que seja, é sempre ele a força moral do *lager*. Ter influência sobre um médico é coisa muito mais importante que ter o diretor "no papo" ou subornar um funcionário do KVT. É com muita habilidade que ganham os médicos; eles são intimidados com cautela, e é até provável que lhes retornem seus objetos roubados. Aliás, disso não há exemplos concretos. O mais comum é ver os médicos dos campos — sejam detentos ou contratados — vestindo calças em bom estado e outras roupas presenteadas pelos bandidos. O mundo do crime mantém boas relações com o médico enquanto ele (ou qualquer outro funcionário da área médica) estiver cumprindo as exigências da malta impudente — exigências que aumentam à medida que o médico se enreda em ligações aparentemente inofensivas com os *blatares*. Quanto aos doentes, velhos extenuados, estes devem morrer nas tarimbas porque seu lugar no hospital é ocupado por *blatares* saudáveis que lá repousam. E se o médico se recusar a cumprir as exigências da delinquência, de maneira alguma irão tratá-lo como a um representante da Cruz Vermelha. O jovem moscovita Surovoi, médico de uma mina, recusou-se terminantemente a cumprir a exigência dos delinquentes a respeito do envio de três *blatares* ao hospital central para um período de repouso. Na noite do dia seguinte ele foi assassinado enquanto atendia — o anatomopatologista contou cinquenta e dois golpes de faca no cadáver. Numa das minas, a médica Chitsel, já entrada em anos, recusou-se a liberar uma *blatarka* do trabalho. No dia seguinte foi morta a machadadas. E foi a própria auxiliar de enfermagem que conduziu o cumprimento da sentença. Surovoi era jovem, honesto e fervoroso. Depois que o mataram, foi designado para seu posto o doutor Krapivnitski — um médico contratado, com experiência na chefia do serviço médico das minas punitivas, e que já tinha visto muita coisa.

O doutor Krapivnitski se limitou a anunciar que não iria tratar nem examinar diretamente os enfermos. Os medicamentos indispensáveis seriam distribuídos diariamente pelos soldados da guarda. A zona seria hermeticamente fechada e somente os cadáveres sairiam de lá. Passados mais de dois anos desde que fora designado para aquela mina, o doutor Krapivnitski ainda se encontrava lá e em perfeita saúde.

A zona fechada, circundada por metralhadoras e destacada de todo o resto do mundo, vivia sua própria vida soturna. A macabra fantasia dos criminosos fazia ali mesmo, em plena luz do dia, verdadeiros tribunais, com sessões, depoimentos acusatórios e testemunhos. Desmontando as tarimbas, os ladrões erigiram patíbulos no meio do *lager* e neles enforcaram duas cadelas que foram "desmascaradas". Não era à noite que se fazia tudo isso, mas à luz do dia, diante das autoridades.

Uma outra zona dessa mina era considerada laborativa. De lá partiam para o trabalho os ladrões de categoria inferior. Depois que nessa lavra foi alocada a delinquência, ela perdeu, evidentemente, seu valor produtivo. A influência da zona vizinha, onde não se trabalhava, era ali permanentemente sentida. Precisamente de um dos barracões de trabalho foi levado ao hospital um velho — não dos verdadeiros criminosos, mas um dos presos por pequenos delitos. Como contaram os *blatares* que chegaram com ele, "faltara com o respeito a Vássietchka!".

"Vássietchka" era um jovem *blatar* de uma família de ladrões hereditários, dos cabeças, portanto. O velho tinha o dobro da idade de Vássietchka.

Ofendido com o tom do velho ("que ainda resmungava"), Vássietchka ordenou que trouxessem um pedaço de cordel de detonação Bickford e um cartucho. Enfiando o cartucho nas mãos do velho, amarraram-nas — ele não se atreveu a protestar — e acenderam o cordel. O velho teve as mãos arrancadas. Custou-lhe caro faltar com o respeito a Vássietchka.

A guerra das cadelas prosseguia. Como era de se esperar, começou a acontecer o que algumas autoridades inteligentes e competentes temiam mais que tudo. Tornando-se versados em assassinatos sangrentos — naquele tempo não havia pena de morte para os assassinos do *lager* —, tanto cadelas quanto ladrões passaram a empregar a faca sob qualquer pretexto, mesmo em casos sem nenhuma ligação com a guerra das cadelas.

Se a sopa servida pelo cozinheiro parecesse pouca ou rala — metiam-lhe o punhal no flanco e ele entregava a alma a Deus.

O médico não dispensava do trabalho? — enrolavam uma toalha em seu pescoço e o estrangulavam...

O responsável pelo setor cirúrgico do hospital central repreendeu um influente *blatar* pelo fato de os ladrões estarem matando médicos, tendo se esquecido do respeito à Cruz Vermelha. Como não se abria a terra sob seus pés? Aos *blatares* agradava extremamente quando as autoridades os interpelavam a respeito de tais... "questões teóricas". O bandido respondeu, torcendo as palavras com aquela irreproduzível afetação da fala *blatar*:

— É a lei da vida, doutor. As situações variam. Num caso pode ser de um jeito, noutro pode ser completamente diferente. As coisas mudam.

Nosso *blatar* não era mau dialético. Este era um malfeitor enfurecido. Encontrando-se na solitária e intentando ser mandado ao hospital, encheu os próprios olhos com o pó de um lápis-tinta. Sair da solitária ele até conseguiu, mas quando recebeu ajuda médica especializada já era muito tarde — ficou cego para sempre.

No entanto a cegueira não o impediu de participar de todas as discussões acerca das questões do mundo do crime, de dar conselhos e pareceres de caráter oficial e obrigatório. Como o sir Williams de *Rocambole*,[68] o cego *blatar* continuou a viver plenamente sua vida de criminoso. Nos inquéritos das cadelas bastava um veredito seu para encerrar o caso.

Há muito tempo no mundo do crime já eram chamados de "cadelas" os traidores da causa da bandidagem, o bandido que passara para o lado da polícia. Mas na guerra das cadelas tratou-se de outra coisa — de uma nova lei da bandidagem. De todo modo, consolidou-se a ofensiva denominação para os cavaleiros da nova ordem.

À exceção dos primeiros meses dessa guerra, as cadelas não gozavam de estima entre as autoridades dos campos de trabalho. Estas preferiam lidar com os *blatares* de talhe antigo, que eram mais simples, mais fáceis de entender.

A guerra das cadelas atendia a uma sombria e imperiosa demanda da bandidagem: a volúpia do assassinato, a ânsia de aplacar a sede de sangue. A guerra das cadelas era o retrato dos acontecimentos que anos a fio foram testemunhados pelos *blatares*. Os episódios da verdadeira guerra se refletiam, como num espelho deformador, nos acontecimentos da vida criminal. A arrebatadora realidade daqueles eventos sangrentos fascinava extraordinariamente os cabeças da criminalidade. Mesmo um simples assalto ao bolso punido com três meses de detenção ou um furto de apartamento eram realizados com algum "entusiasmo criativo". Estas

[68] Série de romances folhetinescos do escritor francês Ponson du Terrail (1829-1871). (N. do T.)

A guerra das cadelas

ações eram acompanhadas, como diziam os *blatares*, de uma elevada tensão espiritual, de uma benéfica vibração dos nervos, algo que a nada se compara — é quando o ladrão sente que está vivo.

Quão mais aguda, sadicamente aguda, deve ser a sensação de matar, de verter sangue; o fato de o adversário ser também um bandido aumenta ainda mais a intensidade da emoção. Inerente ao mundo do crime, o sentimento de teatralidade encontra expressão nesse gigantesco, cruento e longevo espetáculo. Aí tudo é realidade e tudo é jogo — um jogo espantoso e mortal. Como em Heine: "A carne será carne de verdade, e o sangue será sangue humano".

Os bandidos atuam de modo a imitar a política e a guerra. Os líderes *blatares* ocupavam as cidades, enviavam tropas de reconhecimento, cortavam a comunicação do inimigo e condenavam os traidores ao enforcamento. Tudo isso era tanto realidade quanto um jogo, um jogo sangrento.

A história da criminalidade, que já conta muitos milênios, conhece vários exemplos de encarniçados combates travados entre corjas de bandidos — por zonas de pilhagem, pela hegemonia no mundo do crime. Entretanto, muitas peculiaridades da guerra das cadelas fazem dela um acontecimento único em seu gênero.

(1959)

APOLO ENTRE OS *BLATARES*

Os *blatares* não apreciam a poesia. Os poemas não têm lugar em um mundo demasiadamente real. A que recônditas demandas e aspirações estéticas da alma da bandidagem responderia a poesia? Que exigências dos *blatares* deveria satisfazer? A esse respeito Iessiênin sabia certas coisas, outras tantas adivinhou. Todavia, mesmo os mais instruídos *blatares* evitam a poesia — a leitura[69] de versos rimados parece-lhes um passatempo vergonhoso, uma idiotice que ofende por seu caráter incompreensível. Púchkin e Liérmontov são poetas excessivamente complexos para qualquer pessoa que esteja a se deparar com poemas pela primeira vez. Eles exigem certo preparo, certo nível estético. É impossível iniciar-se em poesia com Púchkin, bem como com Liérmontov, Tiútchev ou Baratinski.[70] Entretanto, há na poesia clássica russa dois autores cujos versos atingem esteticamente o ouvinte não preparado, e o amor aos versos e a compreensão da poesia devem ser ensinados precisamente a partir desses autores. Estes são, evidentemente, Nekrássov e, em particular, Aleksei

[69] *Tchtiénie*, em russo, significa tanto "leitura" quanto "recitação" ou "declamação" de poesia em público. (N. do T.)

[70] Fiodor Tiútchev (1803-1873) e Ievguêni Baratinski (1800-1844), clássicos da poesia russa, ambos notáveis por sua lírica filosófica. A partir da década de 1860, Tiútchev privilegia a política como tema de sua criação poética. (N. do T.)

Tolstói.[71] "Vassili Chibanov" e "A estrada de ferro" são os poemas mais "eficazes" nesse sentido. Pude verificar isso mais de uma vez. Mas nem "A estrada de ferro" nem "Vassili Chibanov" causavam qualquer impressão nos *blatares*. Era evidente que não acompanhavam nada além do enredo das obras, preferiam seu relato prosaico ou, quando muito, a narrativa do *Príncipe Serebriani* de A. K. Tolstói. Do mesmo modo, a descrição literária de uma paisagem em qualquer romance lido em voz alta nada dizia à alma dos ouvintes *blatares*, e era patente o desejo de que chegasse logo a descrição dos fatos, das ações ou, no pior dos casos, dos diálogos.

É certo que o *blatar*, por pouco que haja nele de humano, não é inteiramente desprovido de aspiração estética. Esta é satisfeita com as chamadas canções de cadeia — há muitas desse tipo. Existem canções épicas, como "O ladrão em ação",[72] que está em vias de desaparecimento, ou a estância que homenageia o famoso Gorbatchevski e outras estrelas similares do mundo do crime, ou, ainda, canções como a "Ilha Solovkí". Há canções líricas — nas quais os sentimentos do *blatar* encontram expressão — que são coloridas de maneira inteiramente particular e que se distinguem claramente das canções de tipo comum, tanto por sua entoação quanto pela temática e percepção de mundo.

A canção lírica de cadeia é em geral muito sentimental, tocante e lastimosa. E apesar das numerosas imperfeições de natureza ortofônica, é sempre carregada de sinceridade. Pa-

[71] Nikolai Nekrássov (1821-1878), poeta e dramaturgo, autor do poema "A estrada de ferro"; Aleksei K. Tolstói (1817-1875), romancista, poeta e dramaturgo, autor da balada "Vassili Chibanov" e do romance *O príncipe Serebriani*. (N. do T.)

[72] No original, "*Gop so smykom*", uma gíria ucraniana. Segundo o folclorista Serguei Nekliúdov, a expressão pode ser entendida como "O arrombador com seu instrumento". A canção se destaca entre aquelas associadas ao mundo do crime por seu arrebatado otimismo. (N. do T.)

ra isto contribui a melodia, frequentemente muito original. Não obstante todo seu primitivismo, a vigorosa interpretação intensifica o efeito — pois o executor não é um ator, mas um personagem de sua própria vida. O autor do monólogo lírico não precisa vestir indumentária de cena.

Nossos compositores ainda não alcançaram o folclore musical da delinquência — as tentativas de Leonid Utiósov[73] ("Do cárcere de Odessa") não contam.

Uma canção muito difundida e notável por sua melodia é "O destino". Por vezes o caráter melancólico de sua melodia leva às lágrimas o ouvinte sensível. Apesar de não poder levar às lágrimas o *blatar*, também ele escutará "O destino" de modo solene e pesaroso.

Eis seu início:

> *O destino tudo delibera,*
> *Dele não há quem possa fugir.*
> *Por toda parte te governa,*
> *Logo vais aonde te manda ir.*

O nome do "poeta cortesão" que compôs a letra da canção é desconhecido. Mais adiante em "O destino" se discorre com a maior naturalidade a respeito do "legado" paterno recebido pelo bandido, das lágrimas das mães, da tísica adquirida na prisão, além de se expressar a firme intenção de seguir até a morte no caminho escolhido.

> *Que conduza a luta até o último momento*
> *Quem forças tiver para enfrentar a sorte.*

---

[73] Leonid Utiósov (1895-1982), ator, letrista e cantor popular. Em 1965 recebeu o título honorífico de Artista do Povo da União Soviética. (N. do T.)

Apolo entre os *blatares*

No *blatar*, a necessidade de teatro, escultura ou pintura é simplesmente nenhuma. O bandido não experimenta nenhum interesse por essas musas, por esses tipos de arte — ele é demasiadamente realista; suas emoções de ordem estética são cruentas demais e muito concretas. Não se trata de naturalismo — é indefinível a fronteira entre arte e vida, e aqueles espetáculos extremamente realistas que os *blatares* concretamente encenam intimidam tanto a arte quanto a vida.

Em uma das minas de Kolimá os *blatares* roubaram de um ambulatório uma seringa de vinte mililitros. Para que precisavam de seringas? Injetar-se morfina? Seria possível que o enfermeiro do *lager* tivesse roubado de seus superiores algumas ampolas de morfina e, de bom grado, oferecido a droga aos *blatares*?

Ou, dada a grande valia que tinha aquele instrumento no *lager*, furtavam-no com intenção de chantagear o médico, exigindo como resgate uma dispensa aos chefes *blatares* para repouso no barracão?

Nem uma coisa, nem outra. Os *blatares* ouviram dizer que ao introduzir-se ar na veia de alguém, as bolhas obstruem as artérias do cérebro e provocam um coágulo. E o sujeito morre. Foi então decidido que se verificaria sem demora a veracidade dessa curiosa informação, passada por certo enfermeiro de nome ignorado. A imaginação dos *blatares* desenhava casos de assassinatos misteriosos que nenhum comissário de investigação criminal elucidaria, nenhum Vidocq, Leacocq ou Vanka Kain seria capaz de solucionar.[74]

---

[74] Eugène Vidocq (1775-1857), autoridade da polícia criminal de Paris. Vidocq, que antes tivera um passado na bandidagem, foi inspiração de alguns escritores na criação de personagens do mundo do crime; é conhecido do público russo graças a um artigo de Púchkin, de 1830, no qual o poeta chama o escritor e jornalista Faddéi Bulgárin (1789-1859) de "Vidocq russo". Vanka Kain, apelido de Ivan Óssipov, famoso bandido que se tornara agente de investigação em Moscou. (N. do T.)

Certa noite, na enfermaria de isolamento, os *blatares* apanharam e imobilizaram um *fráier* magricela e, à luz de uma tocha fumegante, deram-lhe uma injeção. Em pouco tempo o homem morreu — viu-se que o enfermeiro tagarela tinha razão.

O *blatar* não entende nada de balé clássico, porém a arte da dança popular, folclórica e cigana há tempos faz parte de seu *Espelho honesto da juventude.*[75]

Os virtuoses desse gênero não precisam vir de fora do mundo do crime. Entre os delinquentes é suficiente o número de criadores e diletantes nessa arte.

Essa dança popular — o sapateado cigano — não é inteiramente primitiva, como pode parecer à primeira vista.

Entre os *blatares* "virtuoses da dança" encontram-se alguns mestres extraordinariamente dotados, capazes de dançar um discurso de Akhun-Babáiev[76] ou o editorial de um jornal do dia anterior.

> *Sou um fraco, mas de quem sou rebento*
> *Prossigo o caminho interrompido pela morte.*

Há uma antiga romança lírica muito difundida no mundo do crime, que tem um início "clássico":

> *A lua iluminava o espelho d'água —*

e na qual o protagonista, lamentando a separação, dirige-se à amada:

---

[75] *Iúnosti tchéstnoie zértsalo* (1717), leitura edificante para a juventude. (N. do T.)

[76] Iuldách Akhun-Babáiev (1885-1943), político da República Soviética do Uzbequistão. (N. do T.)

Apolo entre os *blatares*

Dá-me teu amor, querida, agora,
Enquanto longe estou do cativeiro.
Perco a liberdade, ao chegar a hora,
E de ti tomará posse um de meus parceiros.

Em vez de "E de ti tomará posse um de meus parceiros" deveria ser "Terás de seguir com um terceiro". Mas o *blatar* que canta a romança deturpa o tamanho e quebra o ritmo do verso para dar determinado sentido à frase — a única coisa que importa. "Terás de seguir com um terceiro" é uma expressão muito corriqueira — assim diria um *fráier*. Já "E de ti tomará posse um de meus parceiros" está em conformidade com as leis da moral da bandidagem. Ao que parece, o autor dessa romança não era um deles (ao contrário da canção "O destino", cuja autoria é sem dúvida de um criminoso reincidente).

A romança segue em tom filosófico:

Sou filho do crime, ladrão de Odessa,
E a um bandido nunca é fácil amar.
Melhor seria, meu bem, depressa
Um do outro para sempre olvidar.

E mais adiante:

Ao longe vou quando for minha vez,
Cumprirei pena nos confins da Sibéria.
Serás feliz e próspera, talvez,
Quanto a mim — uma longa, longa espera.

Há muitas canções épicas do mundo do crime; uma delas é "A ilha Solovkí":

> *Estes pontos dourados, reluzentes,*
> *Trazem o* lager *Solovkí à mente.*

A antiquíssima "O ladrão em ação" é uma espécie de hino do mundo do crime, bastante conhecida também fora dos círculos da criminalidade.

Um exemplo de obra clássica nesse gênero é a canção "Recordo-me de uma escura noite de outono". Esta tem muitas versões, e sucessivos refazimentos. Todos os acréscimos e alterações posteriores são ruins — mais grosseiros que a versão original. Esta delineia a imagem clássica do *blatar-miedviejátnik*[77] ideal, sua ocupação, seu presente e futuro.

Na canção descreve-se a preparação e execução de um roubo a um banco de Leningrado, o arrombamento da caixa-forte.

> *Lembro da broca a vibrar no aço,*
> *Como o zumbido de dois zangões.*

E quando já tinham aberto a portinhola metálica:

> *As notas de dinheiro em pacotes iguais*
> *Da prateleira nos olhava.*

Um dos participantes, ao receber sua parte do roubo, deixa imediatamente a cidade usando trajes de Cascarilha.

> *Trajado sobriamente, com flores na lapela —*
> *Num terno inglês, de cor cinza,*
> *Sem ao menos olhar pela janela*
> *Deixou a capital às sete e trinta.*

---

[77] Literalmente, "caçador de ursos"; no jargão da bandidagem: "arrombador de cofres". (N. do T.)

Apolo entre os *blatares*

Por "capital" se entende Leningrado, ou melhor, Petrogrado, o que permite estabelecer o período de surgimento da canção entre os anos de 1914 e 1924.[78]

O protagonista parte para o sul, onde conhece "maravilhas da beleza na Terra". O que se segue é presumível:

Depressa como a neve o dinheiro derrete,
Devo voltar revigorado,
E mais uma vez enfrentar com tudo
A fria e dura Leningrado.

O que vem depois é o roubo, a prisão — e a estrofe conclusiva:

Sob a escolta severa vou pela estrada
Empoeirada e nua,
Ou agora pego dez anos de pena
Ou vou direto para a lua.

São obras de temática muito particular. Ao mesmo tempo, excelentes canções como "Abra a janela, sem demora, não me resta muito tempo" ou "Não chore, meu bem" — sobretudo na versão original de Rostóv — gozam de grande popularidade no mundo do crime, onde têm tanto ouvintes quanto intérpretes.

Romanças como "Recordo-me do jardim e das aleias" ou "Como era bela minha noite azulada" — não têm um tex-

---

[78] Trata-se de São Petersburgo (*Sankt-Petierburg*), cidade construída por Pedro, o Grande, em 1703; rebatizada com o nome eslavo Petrogrado (*Petrograd*) — a cidade de Pedro — de 1914 a 1924, então passou a chamar-se Leningrado (*Leningrad*), em homenagem a Lénin, e em 1991 ganhou novamente seu primeiro nome. (N. do T.)

to propriamente *blatar*, apesar de também serem muito populares entre a bandidagem.

Todas as canções do mundo do crime, inclusive a famosa "Não é por nós que tocam os acordeões" ou "Noite de outono", possuem dezenas de versões, como se, para a romança, o destino fosse o mesmo do "romance em verso", que se reduzira puramente a um esquema, uma estrutura para a expressão particular de cada narrador.

Por vezes algumas romanças de fora do mundo do crime sofrem alterações significativas, impregnando-se do espírito da bandidagem.

Assim, a romança "Não me fale sobre ele" converte-se, em meio aos *blatares*, na demoradíssima (o tempo da prisão é um tempo longo) "Murotchka Bobrova". Na romança original não há nenhuma Murotchka Bobrova. Mas o *blatar* gosta de precisão. E gosta também das descrições pormenorizadas.

> *Aproximava-se a carruagem do tribunal.*
> *Ressoou uma voz dizendo — entre,*
> *Sem ater-se a olhar para o entorno,*
> *Siga em frente pela escada em espiral.*

Os elementos relativos ao lugar são dados com parcimônia.

> *A loira de olhos ardentes,*
> *Inclina a cabeça, submissa,*
> *E toda ela empalidece,*
> *E esconde o rosto inteiramente.*

> *Fale, Murotchka Bobrova,*
> *Disse-lhe o inquiridor.*

Apolo entre os *blatares*

Seja inocente ou culpada,
Deves dizer umas palavras.

Somente depois dessa detalhada "exposição", o texto habitual da romança prossegue:

Não me fale sobre ele,
São idos não esquecidos —

e assim por diante.

Todos dizem que sou triste,
Deixei de crer em toda a gente,
Alguma doença — dizem que existe,
Ou cansei de viver, simplesmente.

E, finalmente, a última estrofe:

Em seu peito ressoou
Terrível grito terminal
E nem foi lida até o fim
A sentença do tribunal.

O fato de a sentença não ter sido lida até o fim é algo que sempre comove os *blatares*.

Muito característica é a aversão dos bandidos pelo canto coral. Nem mesmo a mundialmente conhecida "O junco farfalhou, as árvores vergaram na noite escura" foi capaz de fazer vibrar o coração da bandidagem. "O junco farfalhou" não goza de popularidade entre eles.

Os *blatares* não têm canto coral, eles nunca cantam em coro, e se um *fráier* se puser a cantar alguma das canções

124   Ensaios sobre o mundo do crime

imortais, como "Tivemos dias felizes" ou "Khaz-Bulat", o bandido não só se recusa a unir-se ao coro, como sequer fica para ouvir — vai-se embora.

Os *blatares* sempre cantam sozinhos, sentados em algum lugar junto a uma janela gradeada ou deitados nas tarimbas com as mãos na nuca. Nunca se põem a cantar por convite, ou atendendo a pedidos, mas sempre de modo meio inesperado, por alguma necessidade pessoal. Se for um bom cantor, cessa o vozerio e todos na cela apuram o ouvido para escutá-lo. Sem elevar muito a voz, o cantor articula com esmero as palavras, cantando uma canção após outra, evidentemente sem nenhum acompanhamento. A ausência de acompanhamento sempre reforça a expressividade da canção e nunca é considerada um defeito. No *lager* existem orquestras de sopro e de cordas, mas tudo isso "vem do maligno" — os *blatares* raramente se apresentam como músicos de orquestra, não obstante a lei da bandidagem não proibir expressamente esse tipo de atividade.

Que a arte vocal carcerária só possa se desenvolver em forma de canto solo é perfeitamente compreensível. É algo forçoso, historicamente determinado. Nenhum canto em coro poderia ser admitido dentro dos muros da prisão.

Tampouco nos antros da bandidagem, quando estão em liberdade, o canto em coro é praticado. Suas festas e gandaias passam muito bem sem o canto coral. Pode-se ver nisso a alma felina do bandido, seu espírito anticolegial, e talvez ainda a natureza dos hábitos da prisão.

Entre os *blatares* não se encontram muitos amantes da leitura. Recordo apenas de dois, entre dezenas de milhares, para os quais o livro não era uma coisa estranha, alheia e hostil. O primeiro deles era o batedor de carteiras Rebrov, um descendente de ladrões — seu pai e irmão mais velho seguiram a mesma carreira. Rebrov era um rapaz de pendor fi-

Apolo entre os *blatares*

losófico, podia se fazer passar por qualquer um e era capaz de manter uma conversa sobre assuntos diversos com conhecimento de causa.

Rebrov chegou a receber alguma instrução formal na juventude — estudou na escola técnica de cinematografia. Em casa, a tão querida mãe travou uma furiosa batalha por seu caçula, tentando a qualquer preço salvá-lo do terrível destino do pai e do irmão. Mas o "sangue vigarista" revelou-se mais forte que o amor pela mãe, e Rebrov, abandonando os estudos, nunca mais fez outra coisa além de roubar. A mãe não deixou de lutar pelo filho. Ela o casou com uma professora de aldeia que era amiga de sua filha. Rebrov a tinha estuprado antes, mas depois, por insistência da mãe, casou-se e viveu com ela feliz, de modo geral, voltando sempre para casa depois das inúmeras passagens pela cadeia. A esposa deu à luz duas filhinhas, cuja fotografia Rebrov levava sempre consigo. A esposa o escrevia com frequência, consolava-o como podia, mas ele nunca se gabava do amor da mulher, não mostrava suas cartas a ninguém, em que pese o fato de serem as cartas femininas patrimônio comum entre "parceiros" *blatares*. Ele tinha mais de trinta anos. Posteriormente se converteu à lei das "cadelas" e numa das inúmeras e sangrentas disputas foi abatido.

Os bandidos tratavam-no com respeito, mas desconfiavam e não gostavam dele. Sua propensão para a leitura e instrução geral os desagradava. Sua natureza era muito complexa para seus companheiros, porque inquieta e inapreensível. A maneira sucinta, clara e lógica de expor seu raciocínio lhes causava impaciência, induzindo-os a suspeitar que havia nele algo de impróprio para um *blatar*.

A bandidagem costuma apoiar sua juventude providenciando-lhe meios de subsistência. Cada bandido sustenta um bom número de bandidos adolescentes.

Rebrov introduziu outro critério de conduta.

— Já que é um ladrão — dizia ele ao adolescente —, então aprenda a conseguir comida; não sou eu que vou sustentá-lo, prefiro dar de comer a um *fráier* que tem fome.

E apesar de ter podido expor suas razões no tribunal seguinte, onde se discutia a nova "heresia", e de haver obtido uma decisão favorável daquele "tribunal de honra" — a conduta de Rebrov, que abjurava as tradições da bandidagem, não foi vista com simpatia.

O segundo era Guenka Tcherkassov, barbeiro de uma das seções do *lager*. Guenka era um fiel amante dos livros, sempre pronto a ler tudo o que lhe caía nas mãos, lia dia e noite. "Foi assim por toda a estrada" (isto é, por toda a vida) — ele explicava. Guenka era um arrombador de casas, um *domúchnik* — especialista no roubo a residências.

— Todos roubam — contava ele, altiva e sonoramente — "trapos" (isto é, roupas) de todo tipo. Já eu — roubo livros. Todos os meus companheiros riam de mim. Certa vez roubei toda uma biblioteca e a levei num caminhão. Por Deus, é a pura verdade.

Mais que com o sucesso de sua carreira de bandido, Guenka sonhava com a carreira de romancista de cadeia, de narrador. Contava com prazer a qualquer ouvinte os diversos *Príncipes Viázemski* e *Valetes de copas* — clássicos da literatura oral carcerária. Guenka pedia sempre que apontassem as falhas de sua interpretação, ele sonhava com uma narração "a muitas vozes".

Eis dois homens do mundo do crime para os quais o livro era algo importante e necessário.

A massa restante de bandidos só considerava os "romances", e com isso já estavam inteiramente satisfeitos.

Deve-se notar apenas que nem todos gostavam dos romances policiais, ainda que se possa imaginar que este seja o gênero preferido dos bandidos. No entanto, escutavam com muito mais interesse um bom romance histórico ou um dra-

Apolo entre os *blatares*

ma romântico. "Já conhecemos isso tudo — explicava Serioja Uchakov, um ladrão de estradas de ferro —, tudo isso já é nossa própria vida. Estamos fartos de policiais e bandidos. Como se nenhuma outra coisa nos interessasse."

Além dos "romances" e das romanças de cadeia, há ainda os filmes de cinema. Todos os bandidos são profundamente apaixonados por cinema. Este é o único tipo de arte com a qual eles têm uma relação constante — e, aliás, assistem a mais filmes que um habitante médio da cidade.

Em relação ao cinema é evidente a preferência pelo gênero policial, especialmente de origem estrangeira. A comédia só encanta os bandidos na forma pastelão, onde as ações são risíveis. A espirituosidade fina não é para *blatares*.

Além dos filmes, há a dança folclórica, o sapateado cigano.

Há ainda outra atividade que alimenta o senso estético dos *blatares*: a "troca de experiência" carcerária — uns contam aos outros as histórias de seus "golpes" — nas tarimbas da prisão, à espera da conclusão do inquérito ou da deportação.

Estes relatos — "a troca de experiências" — ocupam um lugar muito importante na vida do bandido. De modo algum representam um passatempo fútil. É uma soma de ensino e formação. Cada bandido compartilha com os companheiros os detalhes de sua vida, suas aventuras e peripécias. Com essas histórias (que às vezes podem ter por fim realizar uma verificação, submeter à prova um bandido desconhecido) gasta-se boa parte do tempo na prisão e nos campos de prisioneiros em geral.

Um modo de recomendar-se é dizer "com quem andou aprontando" (ou seja, com qual bandido conhecido por todos no mundo do crime, ao menos de ouvir falar, andou a praticar furtos).

"Quem são as 'pessoas' que o conhecem?" Esta pergunta requer uma detalhada exposição das próprias façanhas. É "juridicamente" obrigatório — por meio do relato os *blatares* podem julgar o desconhecido com bastante precisão, sabendo o que é preciso desconsiderar e o que deve ser tomado como verdade incondicional.

O relato das façanhas dos bandidos, sempre carregado de adornos para a glorificação das leis e condutas da bandidagem, representa para a juventude uma isca romântica extremamente perigosa.

Cada fato é pintado com cores tão sedutoras, tão atraentes (os bandidos não economizam nas tintas), que o jovem ouvinte, encontrando-se entre *blatares* (por ocasião do primeiro furto, suponhamos), encanta-se e fica maravilhado com a atitude heroica dos bandidos. Todavia, a narrativa é fantasiosa do começo ao fim, é pura ficção ("Não acredita? — Faça de conta que é uma fábula!").

As "notas de dinheiro em pacotes iguais", os diamantes, as farras, e sobretudo as mulheres — tudo isso faz parte da autoafirmação, e a mentira não é considerada um pecado.

E ainda que as grandiosas farras nos antros da bandidagem não tenham passado de uma modesta caneca de cerveja conseguida a crédito no Jardim de Verão — a tentação de enfeitar as histórias é irresistível.

Se já está "verificado", o narrador pode inventar o quanto quiser.

O inspirado contador de lorotas se apropria dos feitos alheios que escutara numa das prisões de transferência, e seu ouvinte, por sua vez, repassa aquelas aventuras como se fossem suas, carregando dez vezes mais nas tintas.

Assim é concebido o romantismo criminal.

A cabeça do jovem, por vezes um adolescente, dá voltas. Maravilhado, deseja imitar aqueles que para ele são verdadeiros heróis. Presta-lhes pequenos favores, apura os ouvidos à sua lábia, observa seu sorriso e se embevece com cada uma de suas palavras. A bem dizer, não fossem os bandidos, esse jovem não teria com quem se arranjar na prisão, pois os peculadores e administradores corruptos das aldeias mantêm-se distantes daqueles pequenos larápios fadados a reincidir no crime.

Essa exaltação orgulhosa de si próprio encerra, sem dúvida, um senso estético semelhante ao da literatura. Se a prosa de ficção dos *blatares* é o "romance", a obra contada, as narrativas de autoelogio são um tipo de memorialística oral. Esta não examina as questões técnicas das operações de furto, em vez disso narra com entusiasmo e inspiração como "Kolka Risada raspou o fundo do tacho" e como "A ladra Katka seduziu o promotor" — em suma, são recordações que surgem nas horas de repouso.

Sua influência corruptora é imensa.

(1959)

SERGUEI IESSIÊNIN
E O MUNDO DA BANDIDAGEM

São todos ladrões ou assassinos,
Como lhes decidiu a sorte.
O triste olhar, o rosto com vincos,
Num instante amei de morte.
Sua alegria é plena de crueza,
De corações simples, conformados.
Mas nas faces enegrecidas
Crispam-se os lábios azulados.[79]

O comboio que rumava para o norte atravessando as aldeias uralianas era um comboio de livros — assim tudo se assemelhava ao que tinha sido lido antes em Korolienko, Tolstói, Figner, Morózov... Era a primavera do ano de 1929.

Bêbados, com olhos ensandecidos, os guardas da escolta distribuíam cascudos e bofetões e a todo instante faziam estalar o fecho do fuzil. Um sectário de Fiódorov[80] amaldiçoava os "dragões"; a palha fresca no chão de terra dos palheiros das isbás em que se pernoitava; enigmáticos homens tatuados com barretes de engenheiro, infinitas chamadas, controles e contagens, contagens, contagens...

A última noite antes do trajeto a pé é a "noite da salvação". E a observar o semblante dos companheiros, aqueles que conheciam os versos de Iessiênin — e não eram poucos no ano de 1929 — depararam-se com a absoluta precisão que emanava das palavras do poeta:

---

[79] De um poema de 1915; todos os versos citados são de poemas de Iessiênin do período entre 1915 e 1925. (N. do T.)

[80] Nikolai Fiódorov (1829-1903), filósofo religioso. Em sua obra principal, *A filosofia da causa comum* (*Filossofia obchego diela*), preconizou a superação da morte com os meios da ciência moderna. (N. do T.)

Mas nas faces enegrecidas
Crispam-se os lábios azulados.

Todos tinham precisamente as faces enegrecidas e os lábios azulados. Todos torciam a boca — por causa da dor provocada pelas incontáveis rachaduras sangrentas nos lábios.

Certa vez, quando por algum motivo caminhar se tornara menos extenuante, ou o trajeto fora mais curto que de costume — a tal ponto que todos se instalaram para o pernoite quando ainda era dia e assim puderam realmente descansar —, do lugar onde estavam os ladrões ouvia-se um canto não muito alto, era antes uma composição recitativa de melodia elementar:

Tu não me amas, não tens pena de mim...

Ao terminar de cantar a romança, que havia reunido muitos ouvintes, o ladrão disse, com ares de importância:

— Essa é proibida.

— É Iessiênin — disse alguém.

— Que seja Iessiênin — disse o cantor.

Já naquela época — apenas três anos passados da morte do poeta — sua popularidade nos círculos da bandidagem era bastante grande.

Era o único poeta "reconhecido" e "consagrado" pelos bandidos, os quais, via de regra, não apreciam a poesia.

Posteriormente a bandidagem fez dele um "clássico" — referir-se ao poeta de modo respeitoso tornou-se de bom-tom entre ladrões. Todo *blatar* alfabetizado conhece poemas como "Toca, acordeão" ou "Bebem aqui outra vez, e esganam-se e choram". "Carta a minha mãe" é muito conhecido. Mas *Os motivos persas*, os primeiros versos, são completamente desconhecidos.

O que em Iessiênin se afina com a alma dos bandidos?

Antes de tudo, uma franca simpatia pelo mundo do crime — reiteradamente expressa de modo claro e direto — perpassa todos os versos de Iessiênin. Recordamos bem que:

Todo ser vivo tem uma marca
Que se revela primeiro.
Se eu não fosse um poeta,
Seria ladrão e trapaceiro.

Os bandidos recordam também estes versos, e muito bem. Da mesma forma, os poemas anteriores, como "Naquela terra onde a urtiga amarela" (1915) e muitos, muitos outros.

Mas não se trata apenas de manifestações diretas. Não se trata somente de versos como os de "O homem negro", em que Iessiênin faz de si uma avaliação de caráter puramente marginal:

Aquele homem era um aventureiro,
Mas da mais alta
E da melhor marca.[81]

O humor, a atitude e o tom de uma série de poemas de Iessiênin têm afinidades com o mundo do crime.

Que notas familiares percebem os *blatares* na poesia de Iessiênin?

São, sobretudo, notas de melancolia, que despertam compaixão, o que se aparenta ao "sentimentalismo carcereiro".

E os animais, nossos irmãos menores,
Nunca lhes golpeei a cabeça.

---

[81] Tradução de Augusto de Campos e Boris Schnaiderman, em *Poesia russa moderna*, São Paulo, Perspectiva, 2001, 6ª ed.

Os versos sobre cães, raposas, vacas e cavalos são interpretados pelos bandidos como as palavras de um homem cruel com os humanos e terno com os animais.

Os bandidos podem acariciar um cão num momento e, logo a seguir, despedaçá-lo vivo — para eles não há limites morais, antes é imensa sua curiosidade, sobretudo em relação à questão "sobreviverá ou não?". Tendo começado, desde a infância, por observar as asas esfarrapadas de mariposas capturadas e passarinhos com olhos arrancados, o *blatar*, chegando à vida adulta, arranca os olhos de um homem com aquele mesmo interesse que tinha quando criança.

Por trás dos versos de Iessiênin acerca de animais creem ver um espírito aparentado ao seu. Não compreendem sua trágica seriedade. Os versos parecem-lhes uma habilidosa declaração rimada.

As notas de desafio, de protesto, de irremediável perdição são elementos da poesia de Iessiênin aos quais os bandidos se mostram sensíveis. Eles não precisam de nenhum "Navio de éguas" ou "Pantokrator". Os *blatares* são realistas. Nos versos de Iessiênin há muita coisa que lhes é incompreensível; e aquilo que não entendem, rejeitam. Os simplíssimos versos do ciclo *Moscou das tabernas* são percebidos como inteiramente sintonizados com seu espírito, sua vida subterrânea com prostitutas, suas obscuras farras clandestinas.

Bebedeiras, farras, celebrações de libertinagem — tudo isso encontra ressonância no espírito dos ladrões.

Eles passam ao largo do lirismo paisagista de Iessiênin, dos poemas sobre a Rússia — nada disso desperta o mínimo interesse nos *blatares*.

E mesmo nos poemas que conhecem e que lhes são caros, fazem ousadas amputações — assim, no poema "Toca, acordeão", a tesoura dos bandidos cortou a última estrofe por causa das palavras:

Minha cara, eu choro,
Perdão... perdão...

As injúrias incorporadas por Iessiênin a alguns poemas despertam a admiração geral. E não podia ser diferente, pois que a linguagem de todo *blatar* é recheada dos mais complexos, estratificados e elaborados palavrões que se podem imaginar — mais que um vocabulário, é um modo de vida.

E eis que os *blatares* têm diante de si um poeta que não deixa de lado esse aspecto da realidade que lhes é tão caro.

A poetização do vandalismo também favorece a popularidade de Iessiênin entre os ladrões, embora, ao que parece, em relação a esse ponto, ele não tenha angariado simpatia nos círculos da ladroagem. Aos olhos dos *fráieres*, os ladrões são radicalmente distintos dos vândalos, e, de fato, constituem um outro fenômeno — muito mais perigoso. Entretanto, aos olhos de uma "pessoa comum", um vândalo parece muito mais amedrontador que um ladrão.

O vandalismo que Iessiênin glorifica em seus versos é percebido pelos bandidos como uma espécie de crônica dos antros que frequentam, suas festas secretas, sua farra sombria e desenfreada.

Sou, como você, um homem perdido,
E já não posso voltar atrás.

Em cada poema de *Moscou das tabernas* ressoam notas que fazem vibrar a alma dos bandidos; mas da profunda humanidade, do radiante lirismo que permeiam os versos de Iessiênin, eles não sabem o que fazer.

Precisam, então, escolher outros versos, aqueles com os quais se sintam em consonância. E esses versos existem em Iessiênin — o tom do homem ultrajado pelo mundo, disposto a ofender a todos.

Serguei Iessiênin e o mundo da bandidagem

Há ainda outro aspecto que aproxima a poesia de Iessiênin das ideias predominantes no mundo do crime, do código daquele mundo.

Trata-se da atitude em relação à mulher. O *blatar* trata a mulher com desprezo, considerando-a um ser inferior. A mulher não merece nada além de escárnio, brincadeiras grosseiras e espancamento.

De maneira alguma o bandido pensa nos próprios filhos; em sua moral não existe essa obrigatoriedade, não existe a ideia de uma ligação entre ele e sua "descendência".

O que sua filha será? Prostituta? Ladra? O que será de seu filho — ao bandido definitivamente não interessa. E acaso não é o ladrão obrigado, de acordo com a "lei", a ceder sua própria namorada a um camarada com mais autoridade?

> *Perdi pelo mundo*
> *Os filhos meus,*
> *Cedi facilmente*
> *A própria esposa.*

E aqui os princípios morais do poeta coincidem plenamente com as normas e gostos consagrados pelos costumes e tradições da bandidagem.

> *Bebe, baranga, bebe!*

Os bandidos sabem de cor os poemas de Iessiênin sobre prostitutas embriagadas e há muito os têm como parte de seu "arsenal". Da mesma maneira que "O rouxinol tem uma bela canção" e "Tu não me amas, não tens pena de mim", com sua melodia improvisada, estão entre as mais importantes composições do "folclore" criminal, bem como:

Favor, troica demorada, não bufar.
Corre sem deixar rastros nossa vida,
Amanhã, talvez, um leito hospitalar
Para sempre acalme nossa lida.

Em vez de "hospitalar", os cantores *blatares* diziam leito "carcerário".

O culto à mãe, a par de uma atitude grosseiramente cínica e depreciativa para com a mulher-esposa, é um traço característico da vida criminal.

Nesse tocante, a poesia de Iessiênin reproduz com extraordinária perspicácia as ideias do mundo do crime.

Para um *blatar*, a mãe é objeto de um terno apego sentimental, é sua *sancta sanctorum*. Isso também faz parte das normas de boa conduta do bandido, de sua tradição "espiritual". Combinada à brutalidade com que tratam a mulher em geral, a atitude sentimental-melosa para com a mãe soa falsa e postiça. Não obstante, o culto à mãe é parte da ideologia oficial da bandidagem.

Todo *blatar*, sem exceção, conhece a primeira "Carta a minha mãe" ("Estás viva ainda, velhota minha"). Essa poesia é "O pássaro divino"[82] dos bandidos.

E ainda que os outros poemas de Iessiênin que têm a mãe por tema não possam ser comparados à "Carta", em termos de popularidade, são também conhecidos e apreciados.

O estado de espírito expresso em parte da poesia de Iessiênin corresponde com extraordinária fidelidade às concepções do mundo do crime. É precisamente o que explica a grande e especial popularidade do poeta entre os ladrões.

Esforçando-se por frisar de algum modo sua intimidade com Iessiênin, por demonstrar ao mundo inteiro sua ligação

---

[82] "O pássaro divino que não conhece cuidado nem trabalho" é um poema muito popular de Púchkin. (N. do T.)

com os versos do poeta, os bandidos, com sua teatralidade característica, tatuam no corpo citações de Iessiênin. Tatuados num grande número de jovens *blatares*, entre figuras sexuais, cartas de baralho e lápides tumulares, os versos mais populares são:

> *Foi tão pouco o caminho percorrido,*
> *Foram tantos os erros cometidos.*

Ou:

> *Se for para arder em chamas, que arda até o fim,*
> *Quem se consumiu em fogo não provoca incêndio.*

> *Eu joguei na dama de espadas*
> *E só me veio o ás de ouros.*[83]

Penso que nenhum outro poeta no mundo tenha sido divulgado dessa forma.

Somente Iessiênin, "reconhecido" no mundo do crime, pôde ser agraciado com tal honra.

Esse reconhecimento não aconteceu de uma vez, ele foi gradual. Do fugaz interesse suscitado ao primeiro contato, até a incorporação dos poemas de Iessiênin na obrigatória "biblioteca do jovem *blatar*", com a anuência de todos os chefes do submundo, passaram-se duas ou três décadas. Estas correspondem precisamente àqueles anos em que Iessiênin era pouco ou nada publicado (*Moscou das tabernas* não tem sido publicado até hoje) — fato que só favorecia a credibilidade do poeta, aumentando o interesse por ele entre os *blatares*.

---

[83] Tradução de Augusto de Campos, em *Poesia russa moderna*, São Paulo, Perspectiva, 2001, 6ª ed.

O mundo do crime não gosta de poemas. A poesia não tem o que fazer nesse mundo soturno. Iessiênin representa uma exceção. Vale notar que sua biografia, seu suicídio não exerceram nenhuma influência no sucesso que alcançou nesse ambiente.

Delinquentes profissionais não conhecem a prática do suicídio, entre eles o percentual de suicídios equivale a zero. Os bandidos com mais instrução explicavam a trágica morte de Iessiênen como algo motivado pelo fato de o poeta não ser, de todo modo, inteiramente bandido, era antes uma espécie de *portchak*, um *fráier* meio corrompido — do qual, dizem, podia-se esperar qualquer coisa.

Mas, certamente — e isso dirá todo *blatar*, instruído ou não —, ao menos uma gota de "sangue vigarista" corria nas veias de Iessiênin.

Serguei Iessiênin e o mundo da bandidagem

COMO "TIRAR ROMANCES"[84]

O tempo da prisão é um tempo dilatado. As horas do cárcere são infinitas porque são monótonas, não têm nada de romanesco. A vida contida entre o despertar e o toque de recolher é determinada por um regulamento severo, no qual se esconde certo princípio musical, uma espécie de ritmo cadenciado da vida prisional que introduz um elemento de ordem ao fluxo das emoções individuais, dos dramas pessoais trazidos de fora, do mundo diverso e barulhento que fica além dos muros da prisão. Nessa sinfonia carcerária entram o céu estrelado recortado em pequenos quadrados e o reflexo do sol no cano do fuzil do sentinela que se encontra de pé na torre de vigia, que por sua arquitetura se assemelha a um arranha-céu. Na sinfonia ainda tomam parte o som inesquecível dos cadeados da prisão, seu tinido musical que lembra o dos antigos cofres comerciais. E muito, muito mais.

No tempo da prisão há poucas impressões exteriores, razão pela qual, posteriormente, o período de detenção parece um buraco negro, um fosso vazio, sem fundo, de onde com esforço e contra a vontade a memória recupera um episódio ou outro. Não podia ser diferente: ao homem não agrada recordar o mal, e a memória, cumprindo com obediência o desígnio secreto de seu senhor, afasta para as zonas mais

---

[84] No original distingue-se *róman*, "romance" na pronúncia dos *blatares*, e *román*, pronúncia do termo na norma culta. (N. do T.)

obscuras os episódios desagradáveis. Mas eram mesmo episódios reais? Com a escala de valores alterada, as causas das disputas sanguinárias da cadeia parecem inteiramente incompreensíveis ao observador externo. Mais tarde esse tempo parecerá desprovido de enredos, vazio; parecerá que passou a toda velocidade, e quanto mais rápido parecer ter passado, mais lentamente terá se arrastado.

Mas o mecanismo do relógio não é, em absoluto, uma simples convenção. É precisamente ele que traz ordem ao caos. É aquela rede geográfica de meridianos e paralelos onde se desenham as ilhas e continentes de nossas vidas.

Essa regra também se aplica à vida normal, mas é na prisão que sua essência está mais nua, mais absoluta.

Durante as intermináveis horas da prisão, os ladrões, para matar o tempo, não se dedicam apenas a suas "memórias", aos seus duelos de gabolice, à imensa fanfarronice com que floreiam a descrição de seus assaltos e outras aventuras. Essas histórias são fantasiosas, uma simulação artística dos acontecimentos. Na medicina emprega-se o termo "agravação" — quando o doente exagera os sintomas de sua enfermidade, apresentando uma indisposição facilmente tratável como um sofrimento excruciante. As histórias dos ladrões são como essas "agravações". Representando um centésimo da verdade, a moeda de um copeque de bronze, quando posta em circulação, transforma-se num rublo de prata.

O *blatar* relata com quem "deu o último golpe", onde andou roubando anteriormente, recomenda-se aos seus companheiros desconhecidos, conta sobre sua participação em arrombamentos de certos caixas-fortes inacessíveis, quando, na verdade, o "golpe" restringira-se ao furto de algumas peças de roupa arrancadas de uma corda em uma *datcha* dos arrabaldes.

As mulheres com as quais viveu são sempre extraordinariamente belas e dispõem de fortunas quase bilionárias.

Como "tirar romances"

Em toda essa patranhada, nessas reminiscências floreadas, além de certo deleite estético que as histórias proporcionam — um prazer tanto para o narrador quanto para o ouvinte —, há algo de mais importante e essencialmente perigoso.

O fato é que essas hipérboles carcerárias são o material de agitação e propaganda do mundo do crime, um material da mais alta importância. Essas histórias constituem a universidade da bandidagem, a cátedra de sua ciência medonha. Os jovens ladrões escutam os "velhos" e consolidam-se na fé deles. Embevecido com esses heróis de feitos sem igual, o rapazote sonha em fazer algo ao menos parecido. Dá-se a iniciação do neófito. São preceitos que o jovem bandido vai recordar por toda a vida.

Talvez o próprio bandido-narrador queira acreditar, tal como Khlestakóv,[85] em suas mentiras inspiradas. Dessa maneira sente-se melhor e mais forte.

Pois bem, uma vez concluídas as apresentações com seus novos amigos, quando já foi respondido o questionário oral feito aos recém-chegados, quando já amainaram as ondas de bravatas e alguns dos episódios mais picantes já foram duas vezes repetidos, imprimindo-se na memória de tal forma que qualquer um dos ouvintes, em outra ocasião, poderá recontar as aventuras como suas próprias, e, contudo, o dia prisional ainda parece interminável — eis que uma feliz ideia vem à mente de alguém...

— E se "tirássemos um romance"?

Então uma figura coberta de tatuagens arrasta-se em direção à luz amarela de uma lâmpada elétrica de tão poucas velas que dificulta qualquer leitura, acomoda-se e parte veloz com a frase de abertura, semelhante ao movimento inicial de uma partida de xadrez:

---

[85] Protagonista de O inspetor geral, de Gógol. (N. do T.)

"Na cidade de Odessa, antes da Revolução, vivia um famoso príncipe com sua bela esposa."

No jargão da bandidagem "tirar" significa "narrar", e não é difícil adivinhar a origem dessa gíria pitoresca. A narração de um romance é como um "prospecto" oral de uma obra.

O romance, nesse sentido, enquanto forma literária, não é necessariamente um típico romance, uma novela ou um conto. Pode ser baseado num livro de memórias, num filme ou num ensaio histórico. Aqui o romance é sempre uma criação anônima contada em voz alta. O nome do autor nunca é citado, nem mesmo o conhecem. É indispensável que a história seja longa, afinal, um de seus objetivos é fazer passar o tempo.

O romance é sempre meio improvisado, já que, depois de ter sido ouvido em algum lugar, ele é em parte esquecido, em parte enriquecido com novos detalhes mais ou menos pitorescos — a depender das capacidades do narrador.

Existem alguns desses romances que são particularmente difundidos e apreciados, e alguns esquemas de roteiro que causariam inveja no grupo de teatro de improvisação Semperante.[86]

São eles, naturalmente, os romances policiais.

É bastante curioso que o romance policial soviético contemporâneo seja absolutamente desconsiderado pelos bandidos. Não porque careça de engenhosidade ou resulte simplesmente medíocre — algumas das histórias que os ladrões escutam com imenso prazer são ainda mais toscas e carentes de talento. Ademais, o narrador poderia preencher a seu bel-

---

[86] Teatro de improvisação existente em Moscou entre 1917 e 1938, fundado e dirigido pelo ator Anatoli Bykov (1892-1943) e pela atriz, pedagoga e diretora Anastássia Lievchina (1884-1953). (N. do T.)

-prazer as lacunas das histórias de um Adámov[87] ou de um Chéinin.

Não, aos bandidos simplesmente não interessa o mundo contemporâneo. "Conhecemos nossas vidas melhor que ninguém" — dizem eles com inteira razão.

Os romances mais populares são *O príncipe Viázemski*, *O bando do valete de copas*, o imortal *Rocambole*, resíduos daquela extraordinária subliteratura — russa e traduzida — devorada pelos habitantes da Rússia do século passado, onde não só Ponson du Terrail era considerado um clássico, mas também Xavier de Montépin com seus romances em muitos volumes: *O detetive assassino* ou *O inocente condenado* etc.

Dos enredos escolhidos entre as obras literárias de qualidade, *O conde de Monte Cristo* ocupa uma boa posição; *Os três mosqueteiros*, ao contrário, não goza de nenhum êxito, além de ser considerado um romance cômico. Donde se conclui que não era sem fundamento a ideia, que tivera um diretor francês, de filmar *Os três mosqueteiros* como uma opereta.

Nada de sobrenatural ou fantástico, nenhuma psicologia. Um bom enredo e um naturalismo de coloração sexual — eis a receita da literatura oral da bandidagem.

Num desses romances podia-se reconhecer, ainda que com grande dificuldade, *Bel Ami* de Maupassant. Naturalmente, tanto o título quanto o nome dos personagens eram completamente diferentes, e mesmo a trama fora submetida a modificações significativas. Mas o esteio da obra — a carreira de um cafetão — fora mantido.

Anna Kariênina foi adaptado pelos romancistas da bandidagem exatamente como fizeram para a encenação da obra no Teatro de Arte. Toda a linha Liévin-Kitty foi deixada de

---

[87] Arkadi Adámov (1920-1991), autor russo de romances policiais. (N. do T.)

Ensaios sobre o mundo do crime

lado. Sem cenário e com os sobrenomes dos personagens alterados, a montagem causava um efeito estranho. Um amor ardente que surge como um raio. Um conde que aborda a protagonista na plataforma de uma estação de trem. A visita de uma mãe depravada ao seu filho. Os divertimentos no estrangeiro do conde com sua amante. Os ciúmes do conde e o suicídio da heroína. Somente pelas rodas do trem era possível saber do que se tratava.

Jean Valjean (de *Os miseráveis*) é sempre contado e escutado com prazer. Os equívocos e a ingenuidade do autor na representação dos bandidos franceses são reparados de maneira condescendente pelos bandidos russos.

Até mesmo a partir da biografia de Nekrássov (ao que parece, baseada em um dos livros de K. Tchukovski)[88] forjaram um extraordinário romance policial com um protagonista chamado Panov (!).

Na maioria das vezes, esses romances são narrados aos aficionados de maneira aborrecida e monótona; entre os bandidos são raros os verdadeiros artistas, poetas e atores natos, capazes de colorir qualquer enredo com muitos detalhes surpreendentes. Para ouvir as histórias desses mestres reúnem-se todos os *blatares* que se encontram na câmara prisional no momento. Antes do amanhecer ninguém adormece — e a fama subterrânea do virtuose da narração vai longe. O renome de um desses "romancistas" em nada é inferior ao de um Kaminka ou de um Andronikov, pelo contrário, sua notabilidade vai além.

É assim mesmo que se chamam esses narradores — "romancistas". É um conceito absolutamente específico, um termo do vocabulário da bandidagem.

---

[88] Kornei Tchukovski (1882-1969), poeta, jornalista e crítico literário russo. (N. do T.)

"Romance" e "romancista".

Um romancista — um desses contadores de histórias — não precisa ser obrigatoriamente um *blatar*. Ao contrário, um romancista-*fráier* é até mais apreciado, pois o que os *blatares* contam, isto é, aquilo que são capazes de contar, é limitado: alguns enredos populares, e isso é tudo. Sempre pode acontecer de um forasteiro recém-chegado ter na memória alguma história interessante. Se souber contá-la será recompensado com a atenção indulgente dos *urkas*; porque nessas circunstâncias nem mesmo a Arte pode salvar suas coisas pessoais, seus trapos, as remessas de casa. A lenda de Orfeu, de todo modo, é apenas uma lenda. Mas, se não houver nenhum conflito vital, o romancista ganha um lugar para dormir numa tarimba ao lado dos *blatares* e uma tigela de sopa a mais no almoço.

De resto, não se deve pensar que os romances existam apenas para matar o tempo da prisão. Não, seu significado é maior, mais importante, mais sério e mais profundo.

O romance representa quase o único contato dos bandidos com a arte. Ele responde pela demanda estética, talvez monstruosa, mas robusta, de homens que não leem livros, revistas ou jornais e "devoram cultura" (*"khavat kulturu"* — uma expressão específica) nessa variedade oral.

O ato de ouvir os romances é uma espécie de tradição cultural pela qual os bandidos têm grande consideração. Os romances são contados desde tempos imemoráveis e são consagrados por toda a história do mundo do crime. Por isso é bem-visto o gesto de escutar romances, agradar-se deles e apadrinhar esse tipo de arte. Os *blatares* são mecenas tradicionais dos romancistas, são educados nesse espírito, tanto que ninguém se recusa a ouvir um desses narradores, ainda que bocejem até ouvir estalos. Está claro, é certo, que as atividades relacionadas ao roubo, as discussões internas e o impreterível e apaixonado interesse pelo jogo de cartas, com toda bravura e desenfreio — tudo isso é mais importante que os romances.

Os romances terminam por ser a forma de lazer mais comum nas horas de ócio. O jogo de cartas é proibido na prisão, e apesar de confeccionarem baralhos com o auxílio de maços de papel de jornal, fragmentos de lápis-tinta e pedaços de pão mastigado — a excepcional rapidez com que o fazem dá testemunho da experiência milenar de gerações e gerações de ladrões —, nem sempre é possível jogar na prisão.

Nenhum bandido admite não gostar de romances, porque estes são praticamente consagrados pela profissão de fé da bandidagem, incorporados ao seu código de conduta, a suas demandas espirituais.

Os bandidos não apreciam os livros, não apreciam a leitura. É raro, muito raro encontrar entre eles algum que tenha sido, desde a infância, ensinado a amar os livros. Este seria uma aberração, teria de ler às furtadelas, escondendo-se dos companheiros, temendo a zombaria mordaz e grosseira, como se estivesse fazendo algo indigno de um *blatar*, um desvio repreensível. Os bandidos invejam e odeiam a *intelligentsia*, em cuja "instrução" supérflua percebem qualquer coisa estranha, alheia à bandidagem. Ao mesmo tempo, *Bel Ami* ou *O conde de Monte Cristo*, apresentados na forma de "romance recontado", despertam o interesse geral.

Certamente, um bandido-leitor poderia explicar a um bandido-ouvinte uma coisa ou outra, mas... é imenso o poder das tradições.

Nenhum estudioso da literatura, nenhum memorialista jamais se interessou, ainda que de passagem, por esse tipo de literatura oral, que aliás existe desde tempos imemoriais.

O "romance", segundo a terminologia da bandidagem, nem sempre é um romance; e não se trata aqui da distinção na pronúncia da palavra. Pronunciam dessa forma tanto camareiras com alguma instrução, que se apaixonaram por Anton Kretchet, quanto Nástia, personagem de Górki, que lê e relê *Um amor fatal*.[89]

"Tirar romances" é um antiquíssimo costume da bandidagem; há nele um caráter religioso incorporado ao credo do ladrão, tal como o jogo de cartas, a bebedeira, a depravação, o roubo, a fuga e os "tribunais de honra". É um elemento indispensável ao cotidiano, é a literatura dos ladrões.

A noção de "romance" é bastante ampla. Ela compreende diversos gêneros de prosa. Pode se referir a um romance, uma novela, um conto qualquer, um autêntico documento etnográfico, um ensaio histórico, uma peça teatral, uma representação radiofônica ou, por fim, um filme visto que, da linguagem da tela, volta ao estado de roteiro e é recontado. A estrutura da fábula é tramada pela improvisação particular de cada narrador; em sentido estrito, o "romance" é uma criação instantânea, fugaz como o espetáculo teatral. Ele surge uma única vez, sendo ainda mais efêmero e instável que a arte do ator sobre um palco de teatro, porque o ator, de todo modo, está preso ao texto do dramaturgo. A improvisação é muito mais praticada por qualquer um desses romancistas de cadeia, ou do *lager*, do que no renomado Teatro de Improvisação.

Romances antigos, como *O bando do valete de copas* ou *O príncipe Viázemski*, já desapareceram do mercado literário russo há mais de cinquenta anos. Os historiadores da literatura se restringem a *Rocambole* ou a Sherlock Holmes.

A literatura popular russa do século passado preservou-se até nossos dias no mundo subterrâneo da bandidagem. Seus "romancistas" narram — "tiram" — precisamente es-

---

[89] Anton Kretchet: bandido de bom coração, personagem do romance homônimo escrito por Mikhail Raskatov e publicado em 1909. Nástia: personagem da peça *Ralé* (*No fundo*), de Górki. (N. do T.)

148   Ensaios sobre o mundo do crime

ses antigos romances. Estes compõem, por assim dizer, a literatura clássica da bandidagem.

Um narrador-*fráier*, na grande maioria dos casos, reconta uma obra que leu quando estava "em liberdade". Para sua imensa surpresa, somente na prisão toma conhecimento de *O príncipe Viázemski*, ao escutá-lo de um "romancista" *blatar*.

"Aconteceu em Moscou, numa taberna aristocrática, na praça Razguliái, para onde frequentemente ia o conde Pototski. Este era um rapaz jovem e bem-apessoado."

— Não corra, não corra — suplicam os ouvintes.

O romancista diminui o ritmo da narração. Normalmente segue narrando até ficar extenuado, pois enquanto não adormece ao menos um dos ouvintes, considera-se inconveniente interromper a história. E esse conto traz uma sucessão de cabeças decepadas, maços de dólares, pedras preciosas encontradas no estômago ou nos intestinos de alguma "Mariana" da aristocracia — uma coisa após a outra.

Quando o romance finalmente termina, o romancista exaurido se arrasta para seu lugar; satisfeitos, os ouvintes estendem seus coloridos cobertores de lã — um pertence indispensável a todo bandido que se dá ao respeito...

Assim é o "romance" na prisão. Mas não no *lager*.

A prisão e o campo de trabalho são coisas distintas; do ponto de vista psicológico são realidades distantes, não obstante sua aparente semelhança. Comparada ao *lager*, a prisão está muito mais próxima da vida cotidiana.

Aquela nuance quase sempre ingênua do exercício literário amador que caracteriza a atividade do romancista na prisão, no *lager* adquire subitamente um brilho trágico e lúgubre.

Aparentemente não há nenhuma mudança. São os mesmos bandidos a encomendar histórias, as mesmas horas noturnas para escutá-las, a temática de sempre. Mas aqui os romances são contados em troca de uma crosta de pão, de um pouco de sopa vertida numa tigela de lata de conserva.

E nos campos há romancistas em grande quantidade. São dezenas de famintos que almejam a crosta de pão e a sopa; e já aconteceu de romancistas mais mortos que vivos desmaiarem de fome enquanto narravam. Para evitar tais incidentes, passaram a dar um pouco de sopa ao narrador imediatamente antes de ele "tirar" um romance. Um hábito razoável que terminou por se estabelecer.

Nos superlotados barracões de isolamento do *lager* — uma espécie de prisão dentro da prisão — a distribuição de comida fica geralmente a cargo dos *blatares*. Somente depois de saciarem-se, os outros ocupantes do barracão podem se aproximar da comida. A administração não é capaz de se contrapor a essa situação.

O enorme barracão com chão de terra batida é iluminado por uma *benzinka* — uma pequena lamparina artesanal.

Todos, exceto os ladrões, trabalham o dia inteiro, passam muitas horas num frio glacial. O romancista, como qualquer outro, quer se aquecer, sentar, deitar, dormir, mas o que mais quer, mais que sono, calor e tranquilidade, é comida, qualquer comida. E com uma incrível e fabulosa força de vontade ele mobiliza seu cérebro para tirar um romance de duas horas que deleita os *blatares*. Assim que termina sua narrativa policial, o romancista toma a sopa já fria, coberta com uma película gelada, sorvendo e lambendo até deixar seca a rústica tigela de lata. Ele não precisa de colher — os dedos e a língua o auxiliam melhor do que qualquer colher.

Inteiramente esgotado, depois de constantes tentativas baldadas de forrar ao menos por um minuto o estômago encolhido, e que se autodevora, um ex-professor universitário se oferece como romancista. O docente sabe que em caso de sucesso — se os "clientes" ficarem satisfeitos — receberá comida e ainda poderá se livrar dos espancamentos. Por mais estafado e extenuado que pareça, os *blatares* confiam na sua capacidade de narrador. No *lager* ninguém se fia nas aparências, e qualquer "faísca" (termo pitoresco para designar um maltrapilho que veste uma japona esburacada com tufos de algodão saltando para fora em muitos lugares) pode se revelar um grande romancista.

Ganhando a sopa e, em caso de sucesso, uma crosta de pão, acanhado, o romancista vai comer ruidosamente num canto escuro do barracão, suscitando a inveja de seus companheiros que não têm habilidade para "tirar romances".

Com um pouco mais de êxito, chegam a oferecer-lhe tabaco. Isso já representa o auge da felicidade! Dezenas de olhos irão acompanhar seus dedos tremulantes comprimindo a *makhorka*[90] para enrolar um cigarro. E se com um movimento desastrado o romancista deixar cair no chão algumas preciosas migalhas da *makhorka*, poderá chorar lágrimas de verdade. Quantas mãos se estenderão a ele, vindas da escuridão, oferecendo-se para acender o cigarro nas brasas do forno, e, ao acender, inalar ao menos um pouco da fumaça. E mais de uma voz bajuladora soará atrás dele pronunciando a célebre fórmula "dá um trago", ou recorrerá ao enigmático sinônimo dessa fórmula: "quarenta...".[91]

Eis o que são o "romance" e o "romancista" no *lager*.

A partir do momento em que o romancista obtém sucesso entre os bandidos, além de não mais permitirem que o insultem ou espanquem, irão incrementar sua ração. Ele já não temerá pedir aos *blatares* para fumar, e estes passarão a reservar-lhe as pontas dos cigarros — pois terá recebido um título de nobreza, terá envergado o uniforme de cavaleiro da corte...

---

[90] Tabaco muito forte e de baixa qualidade. (N. do T.)

[91] Trata-se de um pedido bem mais audacioso que o habitual "trago"; significa "deixa-me 40% de teu cigarro". (N. do T.)

A cada dia deve estar de prontidão com um novo romance — a concorrência é enorme! — e para ele é um alívio a noite em que seus patrões não estão dispostos a alimentar-se de cultura ou, como diz a expressão, "devorar cultura"; assim pode ferrar no sono. Mas também pode ocorrer de ter o sono bruscamente interrompido, caso dê na veneta dos bandidos cancelar alguma disputa nas cartas (o que, evidentemente, é muito raro acontecer, porque uma partida de *terts* ou *stos* é sempre mais importante que qualquer romance).

Entre esses romancistas famintos, sobretudo após alguns dias de saciedade, encontram-se também alguns "ideólogos". Estes procuram narrar aos seus ouvintes algo mais sério que *O bando do valete de copas*. Um romancista dessa natureza sente-se como um adido cultural no reino da bandidagem. Há entre eles ex-literatos que se orgulham de manter o fiel exercício de sua verdadeira profissão em circunstâncias tão assombrosas. Há também aqueles que se sentem como encantadores de serpentes, flautistas a tocar para um novelo de répteis venenosos...

Cartago deve ser destruída!
O mundo do crime deve ser aniquilado!

(1959)

O QUE VI E COMPREENDI
NO CAMPO DE TRABALHO

Varlam Chalámov

1) A extraordinária fragilidade da cultura humana, a fragilidade da civilização. O homem se torna bestial ao cabo de três semanas de trabalho duro, frio, fome e espancamento.

2) O frio é o principal meio de corrupção do espírito; certamente nos campos de trabalho da Ásia Central o homem resiste por mais tempo — o frio por lá não é tão intenso.

3) Compreendi que a amizade e o companheirismo não surgem em condições difíceis, realmente difíceis — quando a vida está em jogo. A amizade surge em condições duras mas suportáveis (num hospital, mas nunca numa galeria de mina).

4) Compreendi que o ódio é o sentimento que se conserva por mais tempo no homem. A carne que resta no corpo de um homem faminto é suficiente apenas para o ódio — a tudo o mais, ele é indiferente.

5) Compreendi a diferença entre a cadeia, que fortalece o caráter, e o campo, que corrompe o espírito humano.

6) Compreendi que a "vitória" de Stálin só pôde ser alcançada porque ele matou pessoas inocentes. Um movimento organizado, ainda que de número dez vezes menor, mas organizado, teria varrido Stálin em dois dias.

7) Compreendi que o homem se tornou o que é por ser fisicamente mais forte e tenaz que qualquer outro animal: não há cavalo que resista ao trabalho no Extremo Norte.

8) Vi que o único grupo de pessoas que conserva um pouco de humanidade, apesar da fome e dos insultos, é com-

posto por religiosos, tanto sectários — quase todos eles — quanto a maioria dos padres.

9) Os mais suscetíveis, os que primeiro se corrompem, são os funcionários do Partido e os militares.

10) Vi que, para um intelectual, uma simples bofetada pode ser um argumento de peso.

11) Que o povo distingue as autoridades no campo de acordo com a força de seus golpes e o entusiasmo que têm pelas surras.

12) Como argumento, o espancamento é praticamente irrefutável (método nº 3).[1]

13) Soube da verdade sobre a preparação dos enigmáticos processos[2] por mestres no assunto.

14) Compreendi por que as notícias sobre política são conhecidas antes na prisão do que fora dela.

15) Descobri que na cadeia (e no campo) uma "latrina" nunca é de fato uma "latrina".[3]

16) Compreendi que se pode viver de crueldade.

17) Compreendi que se pode viver de indiferença.

18) Compreendi que não é de esperanças — não há nenhuma esperança — nem por vontade — que vontade pode haver por lá? — que vive o homem, antes por puro instinto de autopreservação, de conservação: tal como as árvores, as rochas e os animais.

19) Orgulho-me de ter decidido logo de início, ainda em 1937, que jamais seria chefe de brigada se uma determinação minha pudesse causar a morte de outro homem, se por

---

[1] O "método nº 3", que segundo Chalámov só passaria a ser aplicado a partir de 1937, refere-se ao emprego da tortura. (N. do T.)

[2] Trata-se dos processos levados a cabo durante o Grande Expurgo, entre 1936 e 1938. (N. do T.)

[3] Tradução literal da gíria de cadeia *paracha*, "latrina", que significa "boato". (N. do T.)

força de minha obediência às autoridades outras pessoas — prisioneiros como eu — fossem oprimidas.

20) Nessa grande prova, as minhas forças, tanto físicas quanto espirituais, revelaram-se mais firmes do que eu imaginava; e orgulho-me de não ter traído ninguém, de não ter condenado ninguém à morte, ao cumprimento de qualquer pena, nem ter escrito delações contra quem quer que fosse.

21) Orgulho-me de nunca ter feito nenhum requerimento até 1955.[4]

22) Vi a assim chamada "anistia de Béria"[5] acontecer diante de meus olhos; e era algo de se ver.

23) Vi que as mulheres são mais honestas e abnegadas que os homens — em Kolimá não havia casos de homens que fossem em busca de suas mulheres, enquanto estas iam, muitas (Faina Rabinovitch, esposa de Krivochei).[6]

24) Vi as surpreendentes famílias do Norte (civis contratados e ex-detentos) com suas cartas aos seus "legítimos maridos e esposas" etc.

25) Vi os "primeiros Rockefellers" soviéticos, milionários clandestinos, e ouvi suas confissões.

26) Vi os forçados, bem como os inumeráveis contingentes D, B etc., o campo Berlag.[7]

---

[4] Em 1955, Chalámov fez um requerimento ao governo por sua reabilitação. (N. do T.)

[5] Logo após a morte de Josef Stálin, Lavrenti Pávlovitch Béria (1899-1953), desde 1938 chefe do órgão responsável pela repressão política, o NKVD, propõe uma anistia (27 de março de 1953) para libertar grande quantidade de prisioneiros dos campos de trabalho; pouco depois é demitido, preso e condenado ao fuzilamento por crimes contra o Partido e o Estado durante o stalinismo. (N. do T.)

[6] Personagens do conto "O procurador verde", de *O artista da pá*, volume 3 dos *Contos de Kolimá*. (N. do T.)

[7] Acrônimo de *Beregovói Lager*, Campo Costeiro de Trabalho Correcional. (N. do T.)

27) Compreendi que se pode conseguir muita coisa — a estadia num hospital, uma transferência —, mas com risco de vida — à custa de espancamento, de isolamento no cárcere gelado.

28) Vi o cárcere gelado, talhado no rochedo, e eu mesmo passei nele uma noite.

29) É imensa a gana de poder, de matar sem impedimentos — das grandes figuras aos ordinários ajudantes de operações armados com um fuzil (Serochapka[8] e seus iguais).

30) A irrefreável propensão do homem russo para a delação, para a queixa.

31) Descobri que o mundo deve ser dividido não em boas e más pessoas, mas em covardes e não covardes. Em face da menor ameaça, 95% dos covardes são capazes de qualquer infâmia, de infâmias mortais.

32) Estou convencido de que o campo — todo ele — é uma escola negativa, não se deve passar lá nem mesmo uma hora: seria uma hora de degradação. O campo nunca ofereceu, nem poderia oferecer, nada de positivo a alguém. Sobre todos — detentos e civis contratados — o campo exerce uma ação degradante.

33) Cada região tinha seus campos de trabalho, em cada canteiro de obras. Eram milhões, dezenas de milhões de prisioneiros.

34) A repressão atingia não apenas a camada superior, mas todos os estratos da sociedade — em cada aldeia, em cada fábrica, em cada família havia parentes ou conhecidos vítimas da repressão.

35) Considero o melhor período de minha vida os meses passados na cadeia de Butirska, onde logrei fortalecer o espírito dos fracos e onde todos falavam abertamente.

---

[8] Personagem do conto "Frutinhas", de *Contos de Kolimá*, volume 1 da série. (N. do T.)

36) Aprendi a "planejar" a vida para o dia seguinte, não mais que isso.

37) Compreendi que os *blatares* não são humanos.

38) Que nos campos não há nenhum criminoso, que lá estão aqueles que estiveram (e que amanhã estarão) ao seu lado, pessoas comuns apanhadas aquém dos limites da lei, e não aqueles que os ultrapassaram.

39) Compreendi que coisa espantosa é o egotismo do menino, do jovem: roubar é melhor que pedir. Esse sentimento e suas vanglórias lançam os jovens ao abismo.

40) As mulheres não desempenharam grande papel em minha vida — o campo é a causa disso.

41) Que o discernimento dos homens é inútil — já que decifrar alguém, prever, por exemplo, que seja um canalha, não me capacita a mudar meu próprio comportamento em relação a ele.

42) Os últimos do renque, os que todos odeiam — tanto guardas de escolta quanto companheiros detentos —, são os que ficam para trás, os doentes, os fracos, os incapazes de correr no frio extremo.

43) Compreendi o que é o poder e o que significa um homem armado.

44) Que os parâmetros estão deslocados e que isso é o que há de mais característico nos campos de trabalho.

45) Que passar da condição de detento para a de homem livre é muito difícil, praticamente impossível, sem um longo período de adaptação.

46) Que o escritor deve ser como um estranho em relação ao que descreve; caso conheça bem o material, escreverá de um modo que ninguém entenderá.

(1961)

CARTA A SOLJENÍTSIN[1]

Varlam Chalámov

Caro Aleksandr Issáevitch!

Passei duas noites acordado — li e reli a novela[2] e estive rememorando...

A novela é como poesia, tudo nela é perfeito, tudo muito racional. Cada linha, cada cena, cada característica das personagens, é tudo posto de forma tão concisa e inteligente, tão apurada e profunda, que penso nunca ter sido publicado, em toda a existência da *Novi Mir*,[3] algo tão completo

---

[1] Os dois maiores escritores da chamada literatura do *gulag*, Varlam Chalámov e Aleksandr Soljenítsin (1918-2008) passaram a se corresponder desde que se conheceram na redação da revista *Novi Mir*, periódico-símbolo da literatura anti-stalinista dos anos 1960. Primeira de uma série, esta carta, em geral elogiosa à novela que traria reconhecimento mundial a Soljenítsin (*Um dia na vida de Ivan Deníssovitch*), contém certa ironia e delineia as diferenças na visão que tinham sobre os campos de trabalho. Mais tarde os dois autores se distanciaram e outras diferenças apareceram: Chalámov, a quem Soljenítsin chegou a propor a coautoria de *Arquipélago Gulag*, iria acusá-lo de deixar-se usar pelo Ocidente como instrumento de propaganda antissoviética na Guerra Fria; Soljenítsin iria criticar a adesão de Chalámov ao leninismo e, nos anos 1970, chegar a dizer que Chalámov havia morrido, quando este ainda vivia. (N. do T.)

[2] *Um dia na vida de Ivan Deníssovitch* (publicada em *Novi Mir*, em novembro de 1962) é baseada na experiência de Soljenítsin, que esteve detido por oito anos em campos de trabalho. A novela é a primeira obra da chamada "literatura do *gulag*" a ser publicada na URSS. (N. do T.)

[3] Revista literária de circulação mensal, criada em 1925, em Mos-

e forte. E tão necessário; porque sem resposta às questões tratadas na novela, nem a literatura nem a vida social podem seguir adiante. Afinal, tudo o que segue com reticências, rodeios, mentiras — causou, ainda causa e não deixará de causar apenas o mal.

Permita-me felicitar-nos a todos — ao senhor, a mim, aos milhares de sobreviventes e às centenas de milhares que morreram (se não forem milhões), pois que estes, com essa novela realmente admirável, também continuam a viver.

Permita-me também compartilhar minhas reflexões sobre a novela e os campos de trabalho.

A novela é excelente. Tive ocasião de ouvir alguns pareceres a respeito dela. O que não é de admirar, pois Moscou inteira a aguardava. Ainda ontem, quando peguei o número décimo primeiro da *Novi Mir* e fui com ela à praça de Púchkin, três ou quatro pessoas, num intervalo de vinte ou trinta minutos, perguntaram: "É o número décimo primeiro?" — "Sim, o décimo primeiro." — "É nesse número que saiu a novela sobre os campos de trabalho?" — "É, sim!" — "E onde conseguiu, onde comprou?".

Recebi algumas cartas (isto eu lhe disse na redação da *Novi Mir*) onde elogiavam muitíssimo a novela. Mas agora que eu próprio a li, vejo que os elogios a subestimam imensamente. Isto se deve, certamente, ao fato de o material da obra ser de tal ordem que as pessoas que desconhecem os campos de trabalho (gente felizarda, pois o campo é uma escola negativa, ninguém devia passar lá uma hora sequer, nem mesmo por poucos minutos devia olhar para ele) não foram capazes de avaliar a novela em toda sua profundidade, apuro e autenticidade. Isto se vê nas críticas, tanto a de Símonov,

---

cou, e ainda em atividade. Exerceu grande influência na URSS, sobretudo na década de 1960. (N. do T.)

quanto as de Baklánov e Ermílov.[4] Mas não vou lhe falar sobre críticas.

É uma novela muito inteligente e que expressa muito talento. Esse é o campo de trabalho do ponto de vista do *rabotiaga*[5] do *lager*, aquele que conhece seu ofício, que sabe "se arranjar"; *rabotiagas* de verdade, não Tsezar Markovitch ou o capitão.[6] Pois não se trata de um intelectual arquejante, mas de um camponês que passou por uma grande prova, que resistiu a essa prova e agora a relata com humor.

Tudo na novela é fidedigno. É um campo "leve", não é exatamente um autêntico campo de trabalho. Mas o verdadeiro campo também é apresentado, e apresentado muito bem: esse campo terrível, o campo de Ust-Ijma,[7] onde Chukhov esteve, penetra a novela como o vapor branco ao passar pelas frestas do barracão gelado. É aquele campo onde os *rabotiagas* eram mantidos na floresta, trabalhando dia e noite no corte da madeira, onde Chukhov perdeu os dentes por causa do escorbuto, onde os *blatares* roubavam a comida, onde havia piolhos, fome, onde se era levado aos tribunais por qualquer motivo: se alguém dissesse que os palitos

[4] Konstantin Símonov (1915-1979), escritor e jornalista, autor da primeira crítica sobre a novela de Soljenítsin, intitulada "Sobre o passado em nome do futuro", publicada no jornal *Izvestia*; Grigóri Baklánov (1923-2009), escritor e roteirista, publicou no jornal *Literatúrnaia Gazeta* a resenha "Para que nunca se repita"; Vladímir Ermílov (1904-1965), crítico literário, publicou no *Pravda* a resenha "Em nome da verdade, em nome da vida". As resenhas são de novembro de 1962. (N. do T.)

[5] Trabalhador diligente, assíduo; ou trabalhador comum. (N. do T.)

[6] O protagonista da novela, o detento Ivan Deníssovitch Chukhov, é um ex-soldado de origem camponesa; Tsezar Markovitch é ex-diretor de cinema; Buinóvski é ex-capitão da marinha. (N. do T.)

[7] Um dos campos de trabalho nas margens do rio Pechora, que deságua no mar de Barents. Nestes campos os prisioneiros trabalhavam principalmente no corte da madeira. (N. do T.)

Carta a Soljenítsin

de fósforo subiram de preço fora da prisão, era levado a julgamento e tinha a pena aumentada em dez anos.[8] Era mil vezes mais terrível que nas colônias penais — ao menos lá não se andava com um número pregado à roupa — e que nos campos de trabalho especiais.[9] No verdadeiro campo de trabalho, é o carcereiro que está no comando (no campo de Ijma o carcereiro é Deus, não uma criatura faminta como aquela de quem Chukhov lava o chão do quarto). Em Ijma, onde reina a bandidagem, a moral dos *blatares* determina a conduta tanto dos detentos quanto da administração, esta especialmente formada nos romances de Chéinin e em *Os aristocratas* de Pogódin. No campo onde esteve Chukhov, dispunha-se de colher, mas para um autêntico campo de trabalho a colher é um instrumento dispensável. As sopas e os mingaus são de tal consistência que se pode tomá-los diretamente da tigela; nas proximidades do setor de saúde andava um gato, o que não é verossímil para um autêntico campo, pois o gato há muito teria sido comido. O senhor teve muito êxito ao mostrar esse passado medonho e ameaçador, e mostrou com muita força as recordações de Ijma por meio dos lampejos da memória de Chukhov. A escola de Ijma é aquela onde também Chukhov se formou e por um acaso se manteve vivo. Na novela, tudo isso é dito alto e bom som, pelo menos aos meus ouvidos. Há também outro grande mérito — a psicologia camponesa de Chukhov está expressa de forma muito profunda e sutil. Devo reconhecer que há muito tempo eu não via um trabalho tão apurado e de altíssima qualidade artística. O camponês que se manifesta em tudo — no

---

[8] Na novela: "Em Ust-Ijma, bastava cochichar a alguém que fora dos campos estava faltando fósforos para que te metessem na solitária e aumentassem a pena em dez anos". (N. do T.)

[9] Os campos de trabalho especiais (*ossobie lageriá*) destinavam-se, originalmente, aos presos políticos. (N. do T.)

interesse pela pintura de tapetes, na curiosidade, na inteligência tenaz e espontânea, na habilidade de sobreviver, no espírito de observação, na cautela, na prudência, na atitude cética em relação a tipos como Tsezar Markovitch e a toda espécie de autoridade que se é obrigado a respeitar. E, ainda, são traços característicos dos camponeses a independência sensata, a desconfiança, a sábia resignação ao destino e a habilidade de se adaptar às circunstâncias. Chukhov tem orgulho de si, de ser um camponês, de ter sobrevivido, ter sabido como fazer para escapar à morte, oferecendo as botas de feltro secas ao abastado chefe de brigada e, assim, conseguido "ganhar o seu". Não vou enumerar aqui todos os detalhes artísticos que disso dão testemunho. O senhor próprio os conhece.

Com Chukhov ocorre aquele deslocamento dos parâmetros que se passa com todo detento antigo, o que aparece na novela de forma magnífica. Essa alteração se refere não só à comida (à sensação de comer) — quando se engole uma rodela de salame é um deleite supremo —, mas também a coisas muito sutis: como o fato de que para Chukhov é mais interessante conversar com Kilgas do que com a própria esposa, e outros exemplos.[10] Isso é profundamente verdadeiro; é também um dos maiores problemas dos campos de trabalho. Por isso é impossível retornar de uma vez, para esse retorno é indispensável uma espécie de "amortecedor" — não menos de dois ou três anos. O trecho sobre a remessa de casa — que Chukhov espera, de todo modo, ainda que escreva à mulher dizendo que não a envie — é muito sutil e perspicaz: "De um

---

[10] Chukhov, que está no fim de sua pena, considera que é melhor conversar com o detento Kilgas, o letão, do que escrever para casa: "O que passou está distante, não há sobre o que falar. Afinal, não faz sentido contar a que brigada pertenço, nem que espécie de chefe é Andrei Prokofievitch Tiurin. Com Kilgas, o letão, tenho bem mais o que falar". (N. do T.)

Carta a Soljenítsin

jeito ou de outro, sobreviverei, mas caso não sobreviva, não terá sido por falta da remessa". Eu também escrevia recusando as remessas de casa; e pensava o mesmo antes da chamada da lista de remessas.

Todos os detalhes, os pormenores do dia a dia, o comportamento de todos os personagens — é tudo muito preciso e novo, ardorosamente novo. Basta recordar o trapo molhado que Chukhov joga atrás do fogão depois de lavar o assoalho. Tais detalhes nunca são encontrados em outras narrativas — em centenas delas —, que são desprovidas desse aspecto novo e preciso.

O senhor foi muito exitoso ao encontrar uma forma excepcionalmente forte. É que não se pode conceber o dia a dia dos campos de trabalho, a língua que lá se fala e as ideias que circulam sem os xingamentos obscenos; os palavrões estão presentes da primeira à última palavra. O que num outro tipo de narrativa pode ser encarado como exagero, não passa de um costume próprio da língua dos campos de trabalho, sem a consideração do qual não se pode tratar a questão da linguagem com êxito e, menos ainda, de modo a construir um modelo. O senhor alcançou a solução. Todos esses *fuiáslitse* e ...*iadi*,[11] é tudo adequado, justo e necessário.

É claro que todo e qualquer infame pode ocupar um uma posição de poder, e sem eles não se pode passar. Esses canalhas, a propósito, também são provenientes dos *blatares*, do campo de Ijma, do *lager* em geral.

Inteiramente verossímil na novela, um verdadeiro êxito autoral, e um tipo em nada inferior ao protagonista, assim considero o religioso Aliocha, e explico por quê. Depois dos

---

[11] Alusão a palavras obscenas usadas nos campos de trabalho. *Fuiáslitse*, eufemismo de *khuiáslitse* (derivado de *khui*, "caralho"), é considerada a primeira ocorrência do tipo na literatura soviética; já "...*iadi*" é um sufixo comum a inúmeras palavras. (N. do T.)

vinte anos que passei nos campos de trabalho ou em suas proximidades, como resultado da soma de numerosos exemplos que tive nesses muitos anos, cheguei à firme conclusão de que, se havia um grupo no campo que, apesar de todo o horror — a fome, os espancamentos, o frio e o trabalho além das forças —, mantinha inalterados os traços de humanidade, esse grupo era formado pelos religiosos, inclusive os padres ortodoxos. É certo que havia uma ou outra boa pessoa também de outros "grupos populacionais", mas era um ou outro solitário, apenas, e ainda, pode-se dizer, estes só continuavam humanos enquanto as circunstâncias não fossem duras demais. Os religiosos, porém, conservavam-se humanos sob quaisquer circunstâncias.

No seu campo havia boa gente — os estônios. É verdade que ainda não tinham experimentado o infortúnio absoluto — eles tinham tabaco, comida. Todos os que vinham dos países bálticos, sendo homens de grande estatura, passavam mais fome que os russos, pois a ração era a mesma para todos; aos cavalos, contudo, a ração era dada de acordo com o peso de cada um. Lituanos, letões e estônios padeciam sempre e em toda a parte, tanto por causa de sua estatura quanto por serem os costumes aldeões da região do Báltico um pouco diferentes dos nossos; os hábitos do campo eram mais distantes deles que de nós. Havia uns filósofos que brincavam com isso, dizendo que nessa disputa com os russos os bálticos saíam perdendo — uma vilania que se ouve sempre.

O chefe de brigada é excelente, um homem justo. Do ponto de vista artístico é um retrato irrepreensível; ainda que, de minha parte, não possa me imaginar como um chefe de brigada (mais de uma vez propuseram-me tornar-me um deles), pois, nos campos de trabalho, não há coisa pior que ordenar a outros que trabalhem; em meu entendimento, essa é a pior de todas as funções do *lager*. Obrigar detentos a trabalhar, não somente aos famintos, aos esgotados, aos velhos,

Carta a Soljenítsin

aos inválidos, mas a todos — porque, de acordo com o que observei, para transformar um homem saudável em um inválido, em um "pavio", por meio de espancamentos, jornadas de catorze horas de trabalho, muitas horas de pé, fome, cinquenta ou sessenta graus negativos, não é preciso muito tempo, bastam três semanas, apenas três semanas em mãos competentes. Como é que aí se pode ser chefe de brigada? Eu vi dezenas de casos em que um detento forte, trabalhando com um camarada fraco, simplesmente calou e continuou a trabalhar, pronto a suportar tudo o que fosse preciso sem repreender o camarada debilitado; vi outros irem parar na solitária, terem o tempo da pena aumentado e até morrerem por conta de um companheiro. Porque uma coisa não se deve fazer — obrigar um companheiro a trabalhar. Eis o motivo pelo qual não me tornei chefe de brigada. Penso que seria melhor morrer. Em dez anos de trabalho, nunca lambi sobejos das tigelas, mas não considero isso uma vergonha, acho até bem possível fazê-lo. Agora, aquilo que faz o capitão, não se deve fazer. Por isso não me tornei chefe de brigada e passei dez anos indo e vindo das galerias de minas para o hospital e tive a pena aumentada em dez anos. Não me permitiram trabalhar em nenhum escritório, e lá não trabalhei mesmo, nem um dia sequer. Durante quatro anos não recebemos nenhum jornal ou livro. Depois de muitos anos apareceu o livro de Ehrenburg: *A queda de Paris*.[12] Eu o folheei, folheei, depois arranquei uma página, fiz um cigarro com ela e acendi.

Mas isso é apenas minha opinião. O senhor retratou muito bem o chefe de brigada, há muitos outros como ele. Exatamente iguais, em cada detalhe, em cada pormenor de seu comportamento. E a confissão dele é magnífica. E tam-

---

[12] Romance de 1941, de Iliá Ehrenburg (1891-1967), sobre a Segunda Guerra Mundial, o patriotismo dos que foram ao combate e a moral dos políticos envolvidos no conflito. (N. do T.)

bém lógica. Pessoas dessa natureza, atendendo a um chamado interno, inesperadamente começam a fazer declarações. E o fato de ele ajudar àquelas poucas pessoas que o ajudaram e alegrar-se com a morte dos inimigos — é tudo verdadeiro. Nem Chukhov nem o chefe de brigada quiseram compreender a sabedoria suprema do campo: nunca ordene nada a um camarada seu, especialmente trabalhar. Talvez ele esteja doente, faminto, enfraquecido, muito mais enfraquecido do que você. Essa habilidade de confiar no companheiro é o mais nobre valor do detento. Na disputa do capitão com Fetiukov, minha simpatia está inteiramente do lado de Fetiukov. O capitão é um futuro chacal. Mas sobre isso falo depois.

Lê-se no início de sua novela: "Aqui, a taiga é a lei, mas assim mesmo se vive; perecem aqueles que lambem os sobejos das tigelas, os que contam com os médicos e os que dão com a língua nos dentes". Essencialmente, é disso que trata toda a novela. Mas isso é a moral dos chefes de brigada. O experiente chefe Kuziomin não transmitiu a Chukhov um importante provérbio dos campos de trabalho (um chefe de brigada não podia mesmo fazê-lo), que diz: no campo, o que mata é a porção grande de ração, não a pequena. Os que trabalham nas minas recebem um quilo de pão, podem fazer compras nas tendas, têm melhor alimentação, e, no entanto, morrem. Trabalhando como faxineiro ou sapateiro, recebe-se meio quilo de pão e, ao contrário, vive-se vinte anos, resistindo tão bem quanto Vera Figner e Nikolai Morózov.[13] Chukhov devia ter conhecido esse ditado em Ijma e compreendido que o bom trabalho é aquele que está de acordo com as forças, que o trabalho pesado é insuportável. Quan-

---

[13] Vera Figner (1852-1942) e Nikolai Morózov (1854-1946), ativistas revolucionários, integrantes do grupo *Naródnaia Vólia* (Vontade do Povo), estiveram presos nas colônias penais do Império Russo por participação no atentado que matou o tsar Alexandre II, em 1881. (N. do T.)

do se vai parar nas minas, já não fará sentido, é claro, falar de trabalho leve, mas esse princípio, ainda assim, continua verdadeiro, salvador.

Essa filosofia, nova para seu protagonista, de algum modo também se apoia no trabalho dos médicos. Afinal, em Ijma, somente eles prestavam alguma ajuda, apenas os médicos defendiam da morte. E apesar dos muitos defensores da terapia pelo trabalho, de os médicos mandarem escrever poesia,[14] aceitarem suborno — apenas eles tinham condições de salvar alguém, e de fato salvavam.

É possível aceitar que uma determinação sua seja empregada na repressão de outras pessoas, no lento (ou rápido) assassinato delas? A pior coisa dos campos de trabalho é ordenar que outros trabalhem. No *lager*, o chefe de brigada é sempre uma figura assustadora. A função de chefe de brigada me foi proposta muitas vezes. Decidi, porém, que morreria antes de me tornar um deles.

É claro que chefes de brigada como o da sua obra gostam de tipos como Chukhov. O chefe de brigada só não espanca o capitão antes de ele enfraquecer. A observação de que nos campos de trabalho espancam somente aqueles que se debilitaram é bem verdadeira, e isso a novela mostra bem.

O entusiasmo de Chukhov e outros membros da brigada para com o trabalho, quando estão construindo o muro, é representado com muito apuro e veracidade. O chefe e seu ajudante trabalham com ânimo e vontade. Para eles é fácil. Quanto aos outros, no calor do trabalho, acabam por se entusiasmar; entusiasmam-se sempre. Isso é bem verdade. Significa que o trabalho ainda não tirou deles as últimas forças. Esse ânimo para com o trabalho é um tanto parecido com

---

[14] Referência ao personagem Stepan Grigórievitch, médico, defensor da "terapia pelo trabalho", que pede a seu assistente, o ex-estudante de literatura Vdovúchkin, que escreva poemas. (N. do T.)

aquele sentimento de arroubo, quando duas colunas de detentos famintos procuram passar à frente uma da outra. Essa infantilidade do espírito se manifesta também nas ofensas direcionadas ao moldávio que se atrasa (sentimento de que Chukhov partilha inteiramente), tudo isso é muito preciso e verdadeiro. É possível que um entusiasmo dessa natureza para com o trabalho salve as pessoas. Só é preciso lembrar que nas brigadas dos campos de trabalho há sempre detentos novatos e veteranos (não guardiões da lei, apenas mais experientes). O trabalho pesado é feito pelos novatos — por Aliocha, pelo capitão. Eles morrem um após outro e são substituídos, enquanto os chefes de brigada continuam a viver. Pelo visto, essa é a principal razão pela qual as pessoas aceitam trabalhar como chefe de brigada, assim reduzindo parte de sua pena.

No verdadeiro campo de Ijma, a sopa matinal é suficiente para uma hora de trabalho no frio intenso, já o restante do tempo se trabalha apenas o suficiente para se aquecer. E, depois do almoço, o caldo requentado, do mesmo modo, é suficiente apenas para uma hora.

Agora, sobre o capitão. Aqui tenho algumas restrições. Felizmente são bem poucas. Na primeira cena, no quartel da guarda, o capitão Buinóvski protesta: "Você não tem direito" etc. Temos aqui um problema de adequação aos tempos. O capitão é uma figura do ano de 1938. Nessa época quase ninguém podia protestar dessa maneira. Todos os que o faziam eram fuzilados. O castigo por proceder assim, em 1938, não era a solitária. Portanto, em 1951, um capitão de segunda classe não poderia protestar assim, por mais novato que fosse. Ao longo de catorze anos, a partir de 1937, ele teria visto fuzilamentos, atos de repressão, sequestros, seus companheiros serem levados e desaparecerem para sempre. O capitão não se daria ao trabalho de pensar nessas coisas? Viajando pelas estradas, teria visto torres de vigilância por toda

Carta a Soljenítsin

a parte. Contudo, não teria se dado ao trabalho de pensar? Por último, o próprio inquérito por que passou — pois que ele foi parar no campo de trabalho depois de um inquérito, e não antes — e, ainda assim, não pensou coisa alguma? Sob duas condições, apenas, ele poderia não ter visto nada disso: ou o capitão teria passado catorze anos em uma navegação longínqua, em algum submarino, por exemplo, que não tivesse subido à superfície nesse período; ou passou catorze anos prendendo de modo irrefletido vítimas de delação, e, quando a ele próprio prenderam, só então a coisa ficou feia. O capitão também não teria pensado nada acerca dos *bandérovtsi*,[15] com os quais ele não queria ficar (e quanto aos espiões, os traidores da pátria, os *vlassovtsi*,[16] Chukhov, os chefes de brigada)? Os *bandérovtsi*, ao menos, são aqueles de sempre; e para as autoridades o capitão Buinóvski é também um espião. Pois sua desgraça não se deve ao presente inglês,[17] ele simplesmente foi parar em alguma lista de controle, foi delatado em algum rateio. Eis o único equívoco de sua narrativa. Não é o caráter — tais amantes da verdade existem, daqueles que insistem até o final, sim, existem, existiram e existirão —, mas uma figura como essa só poderia existir até 1937, nas prisões comuns, ou até o começo de 1938, nos campos de trabalho. Aqui o capitão pode ser interpretado como um futuro Fetiukov. Na primeira surra o capitão desapareceria. O capitão teria duas possibilidades: a sepultura ou

[15] Grupo nacionalista ucraniano liderado por Stepan Bandera (1909-1959). Posteriormente, o termo passou a designar todo nacionalista ucraniano. (N. do T.)

[16] Integrantes do Exército Russo de Libertação (*Rússkaia Osvobodítelnaia Armiia*), liderados por Andrei Vlássov (1901-1946). Trata-se de uma força militar anticomunista formada por russos que se renderam ao exército alemão durante a Segunda Guerra Mundial. (N. do T.)

[17] Na obra, o capitão Buinóvski foi condenado a 25 anos de detenção por receber um presente enviado por um almirante inglês. (N. do T.)

lamber os sobejos das tigelas, como Fetiukov, ex-capitão que já está detido há oito anos.

Em fins de 1938, matavam nas galerias, nos barracões. A jornada de trabalho era de catorze horas, às vezes prendiam por vinte e quatro horas no trabalho — e que trabalho! Um trabalho como o de Ijma — no corte da madeira e no transporte dos troncos — era o sonho de todo mineiro de Kolimá. Para ajudar no aniquilamento dos condenados pelo artigo 58 foram convocados os delinquentes comuns — bandidos reincidentes, *blatares* —, chamados de "amigos do povo", por oposição àqueles chamados de "inimigos" e mandados para Kolimá, por vezes mutilados, cegos, já idosos, sem qualquer restrição médica, a não ser que houvesse uma determinação extraordinária de Moscou. Em 1938 só prestavam atenção ao termômetro quando a temperatura atingia 56 graus negativos; entre 1939 e 1947, quando atingia 52°; depois de 1947, quando atingia 46°. Estas minhas observações, está claro, nem desmentem a verdade artística de sua novela, nem a realidade que está por trás dela. Eu apenas tenho outra visão dos fatos. O que importa entender, para mim, é que nos campos de trabalho o ano de 1938 foi o ponto máximo do horror, da abominação, da corrupção do humano. Todos os outros anos — tanto os da guerra quanto os do pós-guerra — foram terríveis, mas com o ano de 1938 não há comparação possível.

Voltemos à novela. Novela essa que, para o leitor atento, traz uma revelação em cada frase. É certamente a primeira obra de nossa literatura que tanto apresenta ousadia quanto verdade artística; a verdade do que se viveu, daquilo pelo que se passou. É a primeira palavra sobre aquilo que todos falam, mas ninguém havia escrito. Já não eram poucas as mentiras à época do XX Congresso do Partido.[18] Algo tão

[18] O XX Congresso do Partido Comunista (fevereiro de 1956) foi

Carta a Soljenítsin

repugnante quanto o conto "A pepita", de Chelest[19] ou indigno e falso como a novela *Kira Georguievna*, de Nekrássov.[20] No campo de trabalho não há conversas patrióticas a respeito da guerra, por isso considero muito correto o senhor ter evitado essa falsidade. Afinal, são as vozes trágicas dos destinos mutilados, dos criminosos, que falam da guerra no campo. E mais uma coisa — parece-me impossível compreender os campos de trabalho sem considerar o papel que os *blatares* desempenham neles. É precisamente o mundo do crime, suas regras, ética e estética que trazem a corrupção ao espírito de todos os que estão no *lager* — detentos, autoridades e qualquer observador. A psicologia dos forçados, a vida no interior das colônias penais, quase tudo, no fim das contas, é determinado pelos *blatares*. Toda a mentira que foi introduzida em nossa literatura no curso de muitos anos pelos *Aristocratas* de Pogódin e pela produção de Lev Chéinin — é algo incomensurável. A romantização da delinquência trouxe um grande prejuízo, protegendo os *blatares*, apresentando-os como românticos que inspiram confiança, apesar de os *blatares* não serem humanos.

Em sua novela, o mundo do crime é como algo que só se pode ver olhando por uma fresta. E está bem assim, está correto.

Mas a destruição dessa antiga lenda sobre os *blatares*-românticos é uma das tarefas imediatas da nossa literatura de ficção.

Não há *blatares* em seu campo!

---

marcado pelas denúncias de Nikita Khruschov sobre a política repressora e o culto à personalidade de Stálin. (N. do T.)

[19] Gueorgui Chelest (1903-1965), escritor que esteve detido em campos de trabalho. O conto "A pepita" ("Samoródok") foi publicado em novembro de 1962 pelo *Izvestia*. (N. do T.)

[20] Novela de 1962, de Viktor Nekrássov (1911-1987). (N. do T.)

É um campo sem piolhos! A guarda não se responsabiliza pelo cumprimento da meta, não o alcança com o emprego da coronha. Um gato!

Mede-se a *makhorka*[21] com um copo! Não a entregam ao juiz de instrução.

Não mandam, cinco quilômetros floresta adentro, buscar lenha depois do trabalho.

Não espancam!

O pão é guardado no colchão. No colchão! Que ainda por cima é estofado! E há travesseiros! E trabalham no calor.

O pão é guardado em casa! Comem com colher! Onde fica tão maravilhoso campo de trabalho? Quem me dera, em meu tempo, ter passado lá ao menos um aninho.

Logo se vê que as mãos de Chukhov não estão enregeladas, quando ele enfia os dedos na água fria. Passados vinte e cinco anos, meter a mão na água gelada é coisa que ainda não consigo fazer.

Ao final da temporada do ouro do ano de 1938, com a chegada do outono, nas brigadas das galerias das minas restaram apenas o chefe e o faxina; todos os outros, por essa época, morreram ou foram parar no hospital, ou em outras brigadas de trabalho auxiliar. Alguns foram fuzilados: de acordo com as listas que eram lidas todos os dias durante a formação matinal, até o alto inverno de 1938 — listas elaboradas por aqueles que três dias antes tinham sido, por sua vez, fuzilados. Então, para integrar as brigadas, chegavam novatos, que ao seu tempo morreriam ou adoeceriam, ou se entregariam à morte ou expirariam sob as surras do chefe de brigada, do guarda da escolta, do supervisor, do carcereiro, do barbeiro, do faxina. Foi assim com todas as nossas brigadas das galerias das minas.

---

[21] Tabaco muito forte e de baixa qualidade. (N. do T.)

Bem, já chega. Perdi o foco, não me contive. As infinitas recontagens — tudo isso é verdadeiro, preciso e muito bem conhecido. As formações em cinco serão lembradas para sempre. As côdeas de pão, o miolo que não se podia negligenciar... A medição da ração com a mão e a esperança secreta de que roubassem pouco — isso, do mesmo modo, é preciso e verdadeiro. A propósito, durante a guerra, quando havia o pão branco americano de trigo com milho, nenhum encarregado de cortá-lo o fazia com antecedência, porque os pães de trezentos gramas chegavam a perder até cinquenta gramas por noite. Então, primeiro decretaram que a brigada receberia o pão inteiro, depois passaram a cortá-lo logo antes da refeição.

É exatamente "KE-460"[22] que se fala. Todos no campo pronunciam a letra K como "ke", e não "ka". Assim, pronuncia-se *zek*, e não *zeka*. Apesar de se escrever: *z/k*; e declinar-se: *z/k, zeki, zekoiu*... O trapo não torcido que Chukhov joga atrás do forno no quartel da guarda — vale todo um romance. Havia centenas de lugares como este.

A conversa de Tsezar Markovitch com o capitão e com o moscovita foi muito bem apreendida. Transmitir a conversa sobre Eisenstein[23] não é uma ideia estranha a Chukhov. Aqui o autor se mostra como escritor, renunciando um pouco à máscara de Chukhov.

A língua empobrecida, a reflexão empobrecida, o deslocamento de todos os parâmetros do pensamento.

[22] Nos campos de trabalho, os detentos eram chamados por números. Na novela de Soljenítsin, K-460 é o número de um detento moldávio que se atrasa para a contagem noturna. (N. do T)

[23] Na conversa citada, Tsezar Markovitch diz: "Temos de ser objetivos e reconhecer que [Serguei] Eisenstein é um gênio. Seu [filme] *Ivan, o Terrível*, não é genial?". (N. do T.)

A obra é extraordinariamente econômica e tensa, como uma mola, como a poesia.

E mais uma questão, muito importante, que Chukhov resolve de modo muito verdadeiro: quem se encontra no fundo? Os mesmos que se encontram no topo. Em nada piores, e até, é possível, melhores, mais resistentes!

Chukhov fez muito bem ao assinar o protocolo de interrogatório do inquérito. E embora eu, durante meus dois inquéritos, nunca tenha assinado nenhum protocolo que atestasse minha culpa, nem tenha feito qualquer confissão, o resultado foi o mesmo — a condenação. Durante o inquérito não fui espancado. Mas se tivesse sido espancado (como passaram a fazer a partir da segunda metade do ano de 1938), não sei o que teria feito, como teria me comportado.

O final é excelente. A fatia de salame que encerra um dia feliz. É muito boa a cena em que o generoso Chukhov dá um biscoito a Aliocha. "Nós sempre arranjamos mais." Ele é um afortunado. "Tome!" — diz ele.

O delator Panteliéiev é apresentado muito bem. "Mas a baixa será anotada como 'doente'!"[24] Eis o que é um delator; o pobre Voznessiênski, que tanto queria estar de acordo com o século, não entendeu nada. Em sua coletânea *A pera triangular*[25] há poemas sobre delatores, nada mais nada menos que delatores americanos. De início não entendi coisa alguma, depois descobri: o que Vosnessenski chama de delatores são os agentes de vigilância pública, os "tiras", é assim que a eles se refere em suas memórias.

---

[24] Na novela, o prisioneiro Panteliéiev, detido pela chefia para delatar, tem sua ausência anotada como se estivesse doente. (N. do T.)

[25] Coletânea de poemas de 1962, de Andrei Voznessiênski (1933-2010). Os EUA, onde o poeta esteve em 1961, aparecem como tema nesta coletânea. (N. do T.)

O tecido artístico é tão apurado que se diferencia o letão do estônio. Os estônios são diferentes de Kilgas, apesar de estarem na mesma brigada. E isso está muito bem mostrado. O aspecto sorumbático de Kilgas está mais para o homem russo que para seus vizinhos do Báltico — esse aspecto é muito verdadeiro.

Quanto à comida a mais que Chukhov comeu em liberdade e que se revelou inteiramente desnecessária — é magnífico. Esse pensamento vem à cabeça de cada detento. O que está expresso de forma brilhante.

É realmente muito verossímil e importante o caráter de Senka Klevchin — e de todos os que vieram dos campos alemães, que sem dúvida foram detidos posteriormente; eles eram muitos.[26]

A agitação a respeito dos domingos "tomados" é muito real (em 1938, em Kolimá não havia folga para quem trabalhava nas galerias. O meu primeiro dia de folga desse ano foi em 18 de dezembro de 1938. Todo o campo era mandado à floresta, onde se passava o dia inteiro buscando lenha). E como o detento não planeja a vida para além do dia de hoje — havendo para hoje, o de amanhã veremos — alegra-se com todo dia de folga, esquecendo-se que mais tarde a chefia irá descontá-lo.

Quanto às duas ondas de calor durante o trabalho ardoroso — é muito bom.

Quanto à sífilis que se pega do bezerro — no campo, ninguém se infectou dessa maneira. E não era disso que se morria por lá.

---

[26] Os soldados russos presos em campos de concentração alemães na Segunda Guerra Mundial, quando conseguiam escapar ou eram libertados, acabavam sendo invariavelmente presos ao retornar à URSS, sob suspeita de espionagem. (N. do T.)

Os velhos injuriados — os "latrineiros" —, a bota lançada ao poste.[27] As pernas de Chukhov numa das mangas do casaco acolchoado — tudo isso é magnífico.

Entre limpar o fundo da tigela com a língua ou com a casca do pão, não há grande diferença. E se há, é uma diferença que só confirma a percepção de que lá onde Chukhov vive a fome ainda não chegou, ainda se pode viver.

Os murmúrios! "Quem divide a ração nos enganou" e "à tarde alguém vai ficar no prejuízo".

E os subornos — é tudo absolutamente verdadeiro.

Botas de feltro! Não havia nenhuma entre nós. Havia um tipo de botas feitas de trapos velhos — restos de calças e casacos de décima mão. Eu já era enfermeiro-chefe quando calcei o primeiro par de botas de feltro, depois de dez anos de vida no *lager*. E as que eu calçava nunca eram novas, mas sempre remendadas no fundo, na sola.

O termômetro! Tudo isso é excelente!

Na novela, revela-se bem aquele lado maldito dos campos de trabalho: todos querem ter um peão ajudante. O trabalho de limpeza e arrumação, no fim das contas, quem faz são aqueles mesmos *rabotiagas*, depois de trabalhar pesado nas galerias das minas, às vezes até de manhã. Mas, fazer serviços sob o comando de outra pessoa, como se sabe, não é uma peculiaridade apenas dos campos de trabalho.

Sua novela carece muito de chefes (grandes chefes, como os diretores das minas), que negociam *makhorka* entre os presos por meio do faxina-detento a cinco rublos o cigarro. Não em copos ou pacotes de *makhorka*, mas em cigar-

---

[27] Na novela, um encarregado da solda elétrica interrompe a discussão de dois faxineiros, dizendo: "Ei, vocês, por que ficam aí discutindo como dois garotos? Tenham juízo!". A seguir, atira neles uma bota que vai bater num poste. (N. do T.)

ros. Um pacote de *makhorka* de um chefe desses custava entre cem e quinhentos rublos.

"— Puxe a porta, idiota!"

A descrição do desjejum, da sopa, dos olhos perscrutadores e ferozes do detento — tudo isso é importante e correto. Só que o peixe é comido com espinha e tudo — isso é lei. A concha de sopa, que vale mais que toda a vida livre do passado, toda a vida do presente e do futuro — tudo isso foi suportado, passou-se por tudo isso, o que está expresso de modo resoluto e preciso.

O caldo requentado! São dez minutos da vida do detento por refeição. O pão é comido separadamente para prolongar o prazer de comer. Essa é uma lei psíquica universal.

Em 1945 chegaram os repatriados para nos substituir nas minas da Administração Norte de Kolimá. Ficaram surpresos: "Por que os detentos aqui tomam a sopa e o mingau, mas reservam e levam o pão? Não seria melhor...?". Respondi: "Antes que se passem duas semanas, o senhor o compreenderá e passará a fazer igualzinho". E foi exatamente assim.

Passar um tempo no hospital, até mesmo morrer em um leito limpo, em vez de morrer no barracão, nas galerias, sob as botas dos chefes de brigada, dos guardas da escolta e dos supervisores — é o sonho de qualquer detento. Toda a cena que se passa no setor de saúde é muito boa. É claro que o setor de saúde viu coisas mais assustadoras (como, por exemplo, o barulho das unhas batendo na bacia de ferro em que os médicos lançavam os dedos congelados que arrancavam dos *rabotiagas* com o alicate, e outras coisas).

O minuto antes da formação matinal é excelente.

O montículo de açúcar. Nunca nos entregavam o açúcar na mão, já vinha sempre no chá.

Em geral, Chukhov aparece em cada cena bastante bem, e muito veraz.

Tsezar Markovitch — esse é um verdadeiro personagem de *Kira Georguievna*, de Nekrássov. Ele voltará à vida livre e dirá que no *lager* é possível estudar línguas estrangeiras e direito cambiário.

A revista matinal e noturna — magnífico!

Toda a sua novela se refere a uma verdade muito esperada, sem a qual nossa literatura não pode seguir adiante. Todos os que silenciam a esse respeito deturpam essa verdade — são uns canalhas!

É muito bem descrita a região cercada que antecede o campo, onde as brigadas esperam de pé, uma após outra. Nós tínhamos uma assim. E no frontão do portão principal (em todos os departamentos do *lager*, por ordem expressa, na parte de cima), a citação no tecido vermelho: "O trabalho é questão de honra, glória, bravura e heroísmo". Veja só!

A advertência tradicional da escolta, que todo detento sabe de cor, em Kolimá soava assim: "Um passo à direita ou à esquerda — considero fuga; um pulo — tomo por agitação!". Eles zombam, como o senhor pode ver, zombam em toda parte.

A carta. Muito delicada, muito verdadeira.

Quanto ao pintor de tapetes, não há quadro mais expressivo!

Na obra, por fim, está tudo correto, tudo verdadeiro.

Lembre-se do mais importante: o campo é uma escola negativa para qualquer um, do primeiro ao último dia. Ninguém — seja autoridade ou detento — deve vê-lo. Mas aquele que o viu precisa dizer a verdade, por mais terrível que ela seja. Chukhov não se manteve um homem graças ao *lager*, mas apesar dele.

Fico feliz que o senhor conheça meus poemas. Transmita de algum jeito a Tvardóvski[28] que meus poemas aguar-

---

[28] Aleksandr Tvardóvski (1910-1971), escritor, jornalista e redator-

dam há mais de um ano na redação da *Novi Mir* e que não consigo fazer com que os mostrem a ele. Também estão por lá meus contos, onde procurei mostrar o *lager* como o vi e compreendi.

Desejo-lhe toda a felicidade, êxito e força criativa. E força física, simplesmente.

No ano de 1958 (!), por ocasião do inquérito que conduziam, abriram meu prontuário médico no hospital Bótkin. E metade da enfermaria comentava: "Não pode ser que ele esteja falando isso, deve estar mentindo!". E a médica, por sua vez, disse: "Pelo visto, nesses casos exagera-se muito, não é verdade?". Depois deu-me uns tapinhas nas costas e me liberou. Somente a intervenção do coletivo de redatores fez com que o diretor do hospital me transferisse a outro departamento, onde então recebi o atestado de invalidez.

Eis aí o porquê de seu livro ter uma importância que a nada se compara — nem com os relatórios, nem com as cartas.

Uma vez mais agradeço pela novela. Escreva-me, venha me visitar. É sempre possível se hospedar em minha casa.

Seu V. Chalámov

De minha parte, há muito decidi que dedicarei todo o restante de minha vida justamente a essa verdade. Escrevi mil poemas, cem contos; a muito custo consegui, em seis anos, publicar uma coletânea de versos mutilados, onde cada poema foi cortado, deformado.

Minhas palavras a respeito do navio quebra-gelo e do pêndulo, por ocasião de nossa conversa, não foram palavras

---

-chefe da revista *Novi Mir* (1950-1954, 1958-1970), responsável pela publicação de *Um dia na vida de Ivan Deníssovitch*. (N. do T.)

casuais.[29] A resistência à verdade é muito grande. E as pessoas não precisam nem de quebra-gelos, nem de pêndulos. Precisam da água que corre livre, onde nenhum quebra-gelo é necessário.

V. C.

(Novembro de 1962)

[29] Chalámov faz alusão à conversa que teve no primeiro encontro com Soljenítsin, na redação da revista *Novi Mir*, em que diz que andavam a questionar se a novela de Soljenítsisn seria como um navio quebra-gelo — algo que abriria caminhos, revelando toda a verdade de dentro e fora dos campos de trabalhos forçados —, ou se aquele momento de abertura era passageiro, como um pêndulo que atingira a posição extrema de um lado e começaria a voltar em direção ao outro extremo, fazendo o processo retroceder. A informação aparece em "Com Varlam Chalámov", coletânea de textos de Soljenítsin sobre Chalámov publicada na *Novi Mir*, 1999, nº 4. (N. do T.)

MAPA DA UNIÃO SOVIÉTICA

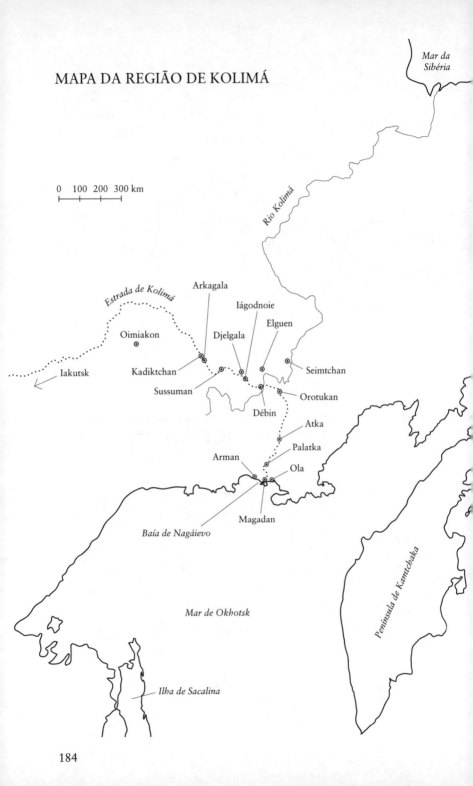

GLOSSÁRIO

blatar — Bandido ou criminoso profisional que segue o "código de conduta" da bandidagem.

cadela — O bandido que traiu a lei da bandidagem.

chtimp — Termo semelhante a *fráier*; criminoso novato, inexperiente.

fráier — Termo do jargão criminal. Indica o criminoso ocasional, que não faz parte da bandidagem; sinônimo de ingênuo, vítima dos bandidos de verdade.

KVT — Sigla da *Kulturno-Vospitátelnaia Tchast*, Repartição de Cultura e Educação, órgão associado à política de trabalhos correcionais nos campos de trabalho, cuja tarefa declarada era a convocação dos detentos ao trabalho organizado com o fim de "reeducá-los".

ladrão na lei — Trata-se de um bandido fiel à lei da bandidagem.

perekóvka — Literalmente: tornar a forjar; trata-se da "reeducação" dos detentos por meio do trabalho correcional e da atividade educacional promovida nos campos de trabalho soviéticos. Oriundo da metalurgia, acredita-se que o termo tenha surgido durante a construção do Belomorkanal — canal que liga o Mar Branco ao Báltico —, onde trabalharam milhares de detentos.

portchak — Um *portchak* é um *fráier* já parcialmente corrompido, aquele que já deixou de ser *fráier*, mas ainda não é um *blatar*.

pravilki — Os "tribunais de honra" dos *blatares*.

tchert — De *tchert*, diabo; trata-se de um tipo de não-bandido especialmente desprezado pela bandidagem.

tranzitka — Local de detenção dos prisioneiros que aguardam transferência para os campos ou que estão voltando para o continente.

urka, urkagán, urkatch — Bandido proeminente no mundo do crime; de modo geral equivale ao termo *blatar*.

Varlam Tíkhonovitch Chalámov (1907-1982)
em retrato dos anos 1950.

SOBRE O AUTOR

Varlam Tíkhonovitch Chalámov nasceu no dia 18 de junho de 1907, em Vólogda, Rússia, cidade cuja fundação remonta ao século XII. Filho de um padre ortodoxo que, durante mais de uma década, atuara como missionário nas ilhas Aleutas, no Pacífico Norte, Chalámov conclui os estudos secundários em 1924 e deixa a cidade natal, mudando-se para Kúntsevo, nas vizinhanças de Moscou, onde arranja trabalho num curtume. Em 1926 é admitido no curso de Direito da Universidade de Moscou e, no ano seguinte, no aniversário de dez anos da Revolução, alinha-se aos grupos que proclamam "Abaixo Stálin!". Ao mesmo tempo escreve poemas e frequenta por um breve período o círculo literário de Óssip Brik, marido de Lili Brik, já então a grande paixão de Maiakóvski. Em fevereiro de 1929, é detido numa gráfica clandestina imprimindo o texto conhecido como "O Testamento de Lênin", e condenado a três anos de trabalhos correcionais, que cumpre na região de Víchera, nos montes Urais. Libertado, retorna a Moscou no início de 1932 e passa a trabalhar como jornalista para publicações de sindicatos. Em 1934, casa-se com Galina Ignátievna Gudz, que conhecera no campo de trabalho nos Urais, e sua filha Elena nasce no ano seguinte. Em 1936, tem sua primeira obra publicada: o conto "As três mortes do doutor Austino", no número 1 da revista *Outubro*. Em janeiro de 1937, entretanto, é novamente detido e condenado a cinco anos por "atividades trotskistas contrarrevolucionárias", com a recomendação expressa de ser submetido a "trabalhos físicos pesados".

Inicia-se então para Chalámov um largo período de privações e sofrimentos, com passagens por sucessivos campos de trabalho, sob as mais terríveis condições. Após meses detido na cadeia Butírskaia, em Moscou, é enviado para a região de Kolimá, no extremo oriental da Sibéria, onde inicialmente trabalha na mina de ouro Partizan. Em 1940, é transferido para as minas de carvão Kadiktchan e Arkagala. Dois anos depois, como medida punitiva, é enviado para a lavra Djelgala. Em 1943, acusado de agitação antissoviética por ter dito que o escritor Ivan Búnin era "um clássico da literatura russa", é condenado a mais dez anos de prisão. Esquelético, debilitado ao extremo, passa o outono em recuperação no hospital de Biélitchie. Em dezembro, é enviado para a lavra Spokóini, onde fica até meados de 1945, quando volta ao hospital de Biélitchie; como modo de prolongar sua permanência, passa a atuar como "organizador cultural". No outono, é designado para uma frente de trabalho na taiga, incumbida do corte de árvores e processamento de madeira — ensaia uma fuga, é capturado, mas, como ainda está sob efeito da segunda condenação, não tem a pena acrescida; no entanto, é enviado para trabalhos gerais na mina punitiva de Djelgala, onde passa o inverno. Em 1946, após trabalhar na "zona pequena", o campo provisório, é convidado, graças à intervenção do médico A. I. Pantiukhov, a fazer um curso de enfermagem para detentos no Hospital Central. De 1947 a 1949, trabalha na ala de cirurgia desse hospital. Da primavera de 1949 ao verão de 1950, trabalha como enfermeiro num acampamento de corte de árvores em Duskania. Escreve os poemas de *Cadernos de Kolimá*.

Em 13 de outubro de 1951 chega ao fim sua pena, e Chalámov é liberado do campo. Continua a trabalhar como enfermeiro por quase dois anos para juntar dinheiro; consegue voltar a Moscou em 12 de novembro de 1953, e no dia seguinte encontra-se com Boris Pasternak, que lera seus poemas e o ajuda a reinserir-se no meio literário. Encontra trabalho na região de Kalínin, e lá se estabelece. No ano seguinte, divorcia-se de sua primeira mulher, e começa a escrever os *Contos de Kolimá*, ciclo que vai absorvê-lo até 1973. Em 1956, definitivamente reabilitado pelo regime, transfere-se para Moscou, casa-se uma segunda vez, com Olga Serguêievna Nekliúdova, de quem se divorciará dez anos depois, e passa a colaborar com a revista *Moskvá*. O número 5 de *Známia* publica poemas seus, e Chalámov começa a ser reconhecido como poeta — ao todo publicará cinco coletâneas de poesia durante a vida. Gravemente doente, começa a receber pensão por invalidez.

Em 1966, conhece a pesquisadora Irina P. Sirotínskaia, que trabalhava no Arquivo Central de Literatura e Arte do Estado, e o acompanhará de perto nos últimos anos de sua vida. Alguns contos do "ciclo de Kolimá" começam a ser publicados de forma avulsa no exterior. Para proteger o escritor de possíveis represálias, eles saem com a rubrica "publicado sem o consentimento do autor". Em 1967, sai na Alemanha (Munique, Middelhauve Verlag) uma coletânea intitulada *Artikel 58: Aufzeichnungen des Häftlings Schalanow* (*Artigo 58: apontamentos do prisioneiro Schalanow*), em que o nome do autor é grafado incorretamente. Em 1978, a primeira edição integral de *Contos de Kolimá*, em língua russa, é publicada em Londres. Uma edição em língua francesa é publicada em Paris entre 1980 e 1982, o que lhe vale o Prêmio da Liberdade da seção francesa do Pen Club. Nesse meio tempo, suas condições de saúde pioram e o escritor é transferido para um abrigo de idosos e inválidos. Em 1980, sai em Nova York uma primeira coletânea dos *Contos de Kolimá* em inglês. Seu estado geral se deteriora e, seguindo o parecer de uma junta médica, Varlam Chalámov é transferido para uma instituição de doentes mentais crônicos, a 14 de janeiro de 1982 — vem a falecer três dias depois.

Na Rússia, a edição integral dos *Contos de Kolimá* só seria publicada após sua morte, já durante o período da *perestroika* e da *glásnost*, em 1989. Naquele momento, houve uma verdadeira avalanche de escritores "redescobertos", muitos dos quais, no entanto, foram perdendo o brilho e o prestígio junto ao público conforme os dias soviéticos ficavam para trás. Mas a obra de Varlam Chalámov não teve o mesmo destino: a força de sua prosa não permitiu que seu nome fosse esquecido, e hoje os *Contos de Kolimá* são leitura escolar obrigatória na Rússia. Também no exterior a popularidade de Chalámov só vem crescendo com o tempo, e seus livros têm recebido traduções em diversas línguas europeias, garantindo-lhe um lugar de honra entre os grandes escritores do século XX. Prova disso são as edições completas dos *Contos de Kolimá* publicadas em anos recentes, primeiro na Itália (Milão, Einaudi, 1999), depois na França (Paris, Verdier, 2003) e Espanha (Barcelona, Minúscula, 2007-13), e agora no Brasil.

SOBRE O TRADUTOR

Francisco de Araújo nasceu em Fortaleza, em 1978. É bacharel em Letras Português-Russo pela Universidade Federal do Rio de Janeiro. Trabalhou como professor de português do Brasil em Moscou e tradutor-intérprete em Angola. Para a Editora 34, traduziu *Ensaios sobre o mundo do crime* (2016) e *A luva, ou KR-2* (2019, com Nivaldo dos Santos), de Varlam Chalámov, *Nós* (2017), de Ievguêni Zamiátin, e contribuiu para a *Antologia do humor russo* (2018, organizada por Arlete Cavaliere) com traduções de contos de Anton Tchekhov e de Tatiana Tolstáia. Participou também do coletivo que traduziu *Arquipélago Gulag*, de Aleksandr Soljenítsin (Carambaia, 2019).

Este livro foi composto em Sabon,
pela Bracher & Malta, com CTP da
New Print e impressão da Graphium
em papel Pólen Soft 80 g/m² da Cia.
Suzano de Papel e Celulose para a
Editora 34, em julho de 2020.